Editorial Ledoria

Desaforado amor por la palabra

CUATRO CALLES

Revista toledana de cultura para nuevos tiempos

Nº 27. CUARTO TRIMESTRE DE 2023 (OCTUBRE - NOVIEMBRE - DICIEMBRE)

DIRECTOR Jesús Muñoz Romero
COLABORADORES
Alejandro Vega
Antonio López Ballesteros
Consuelo Sánchez-Castro
Federico Dilla
Francisco J. García Gamero
José Luis Isabel
Juan José Fernández Delgado
Luis Rodríguez Bausá
Mariano Martín Rodríguez
Miguel Larriba
Paco Maeso
Santiago Sastre
Ventura Leblic

Ilustración de portada: *Vista surrealista de Toledo*, de I. A.

Ilustración de contraportada: *El viático* (1922), de Gonzalo Bilbao Martínez
Diseño y maquetación:
Equipo de editorial Ledoria

I.S.B.N.: 978-84-19887-20-7
Depósito Legal: TO-394-2023

© De la edición: Editorial LEDORIA
* C/ Fuente del Moro, n. 6, Toledo
* C/ Conde de Casal, núm. 47
Las Ventas con Peña Aguilera (Toledo)
Teléfono: 925 25 13 81
Correo electrónico de contacto:
info@editorial-ledoria.com

Publicidad:
admin@editorial-ledoria.com
www.editorial-ledoria.com

SUMARIO

A medida que Toledo se eleva ante el viajero en su trono de peñascos, tan aireada, grácil y romántica, parece una creación de hadas, convocada para su deleite especial por la varita de un mago.

James Aitken Wylie.
Amanecer en España. 1870

La *bomba atómica* que estalló en los Montes de Toledo

MIGUEL LARRIBA

La explosión fue como un terremoto. No quedó ni un árbol, ni un hierbajo, ni rastro alguno del ganado, del que no se halló ni sangre, ni pelos, ni huesos. Así describió un testigo presencial el aspecto que ofrecía el paraje de los Montes de Toledo donde, en el verano de 1912, un antiguo cadete de la Academia de Infantería había probado un explosivo de su invención que ha sido considerado como un antecesor de la bomba atómica.

Antonio Meulener y Verdaguer, que tal era su nombre, nació en Algeciras (Cádiz), en 1861, e ingresó en la Academia de Infantería de Toledo en 1877, de donde salió alférez en 1880, con el número uno de su promoción. Durante los años siguientes ocupó diversos destinos militares, al tiempo que desarrollaba su gran afición por la investigación en diversas materias relacionadas con la balística, la química, la metalurgia o el desarrollo y mejora de diversos aparatos topográficos y criptográficos.

Según el historiador José Luis Isabel, que ha glosado la figura de este personaje, «*sus vastos conocimientos científicos hicieron que fuese nombrado ayudante de profesor de la Academia General Militar, entonces en Toledo, a la que se incorporó tras su ascenso a teniente. Su precaria salud causó que solicitase frecuentemente licencias por enfermedad, viéndose obligado a solicitar la baja de la Academia en octubre de 1886*».

Pero si bien conocemos su trayectoria militar, no son muchos los datos que tenemos sobre la potente arma de su invención, conocida como *tóspiro*. Un auténtico velo de silencio se cierne sobre todo lo relativo al desarrollo y ejecución de un proyecto que, tal vez, pudo haber cambiado radicalmente los conflictos bélicos de la época, y, en conse-

cuencia, la historia, además de convertir a nuestro país en una potencia militar a nivel mundial. La realidad, sin embargo, fue muy distinta, pues tanto el invento como su inventor desaparecieron del mundo y quedaron relegados al olvido tan pronto como la terrorífica arma demostró sus devastadores efectos y su creador, horrorizado por ello, optó por destruir todas las fórmulas, planos y documentos que hubieran posibilitado su producción a gran escala, muriendo poco después. Esta es la historia que conocemos.

Un antecesor: El tóxpiro de Daza

En el verano de 1898, los españoles seguían con preocupación el desarrollo de la guerra de Cuba, en aquellos momentos en pleno apogeo, soñando con una victoria que cada día se revelaba menos probable. Junto a las informaciones que los periódicos publicaban sobre el conflicto que tanto marcaría la sociedad de finales del siglo XIX y comienzos del XX, se abrió paso la noticia de un nuevo invento militar del que se decía podía ser capaz de cambiar los derroteros de la guerra en favor de los intereses españoles. Su inventor se llamaba Manuel Daza y Gómez y su creación un artefacto que recibía el nombre de tóxpiro (esta vez con x), traducido como «fuego venenoso», ya que posiblemente estaba cargado con gases tóxicos.

El 22 de junio de 1898, un artículo en la revista *Blanco y Negro* aportaba varios datos sobre el artefacto bélico. Al parecer, la base del invento estaba en la electricidad y tenía como ventaja, con respecto a los cañones, que no contaba con un número limitado de tiros. Los proyectiles podrían ser de todos los calibres, *«desde el mayor hasta el de fusil»*. Respecto a su forma, se describía como *«un proyectil cónico, aéreo, cargado de materiales explosivos y con unas aletas, disparándose eléctricamente desde el aparato especial donde se aloja»*. El mismo artículo añadía que el invento había sido presentado ante el ministro de la Guerra, quien quedó impresionado y ordenó que se le concedieran a Daza todas las facilidades para su construcción y para las distintas pruebas. Se definía además al inventor como *«un hombre dedicado a la ciencia, a la mecánica, que ni conoce otras ocupaciones ni tiene mayores recreos que los que le proporcionan los libros de estudio»*.

Manuel Daza, inventor del *tóxpiro*. (Caricatura de Joaquín Xaudaró, en la revista *Blanco y Negro*).

En julio de 1899, la prensa recogía los resultados de una de las pruebas del *tóxpiro*, llevada a cabo en Cádiz. Ésta consistió en la colocación de dos caballos, cuatro mulas y dos bueyes en una barcaza sobre la que se disparó el proyectil desde una distancia de 500 metros, cayendo a unos treinta de la embarcación. El resultado fue que todos los animales resultaron muertos, aunque sus cuerpos permanecían intactos, lo que llevó a deducir a los periodistas que el invento debía contener «un gas deletéreo, denso y difusible».

Tras diversas pruebas más en otras localizaciones, llegó el momento de su examen final que no tuvo el éxito esperado. Esto, unido a que la guerra de Cuba terminó con triste desenlace para los intereses españoles, hizo que desapareciera el interés por aquel invento. Sin embargo, ese no fue el final de su mentor. Manuel Daza prosiguió los estudios sobre el proyecto, por su cuenta, y en 1901 volvió a concitar el interés de la prensa con nuevas pruebas de su revolucionaria arma.

Un joven periodista de la época, José Martínez Ruiz, que pasaría a la historia del periodismo y la literatura con el sobrenombre de *Azorín*, publicaba en el diario *La Correspondencia de España*, el 4 de agosto de 1901, un artículo entusiasta en el que podían leerse afirmaciones como estas:

«*El tóxpiro es un aparato sencillísimo; un niño puede manejarlo sin peligro. A dos, a cuatro, a seis kilómetros, con velocidades regulares a voluntad, enormes cantidades de dinamitan podrán ser lanzadas contra un obstáculo cualquiera. ¿Se comprende todo el alcance de la revolución que va a inaugurar la nueva arma?*

La marina de guerra cambiará por completo; los acorazados son inútiles. Desde la costa, desde un lanchón, un tóxpiro hará estallar la dinamita contra sus recios blindajes y los blindajes volarán en pedazos. España volverá a ser poderosa; Gibraltar será nuestro; las grandes potencias solicitarán nuestra alianza. Y la vieja águila bifronte tornará a revolar majestuosa por Europa».

Por desgracia, los nuevos experimentos tampoco dieron los resultados apetecidos. Unas veces no se alcanzaba la distancia requerida, otras, el proyectil estallaba en el aire y, en el mejor de los casos, las desviaciones del tiro eran manifiestas. Aunque Daza insistía en que eran necesarios nuevos ajustes y, en consecuencia, mayor financiación para el proyecto, el fracaso era ya un hecho y las alabanzas dieron paso a las críticas y las chanzas.

El diario *La Rioja*, el 11 de agosto de 1911, resumía el triste final del invento en el siguiente bien ilustrativo comentario:

«*Los nuevos experimentos hechos con el famoso tóxpiro Daza han resultado un completo fracaso (...) Ese tóxpiro Daza es aquel milagroso descubrimiento con que, en los días de la gue-*

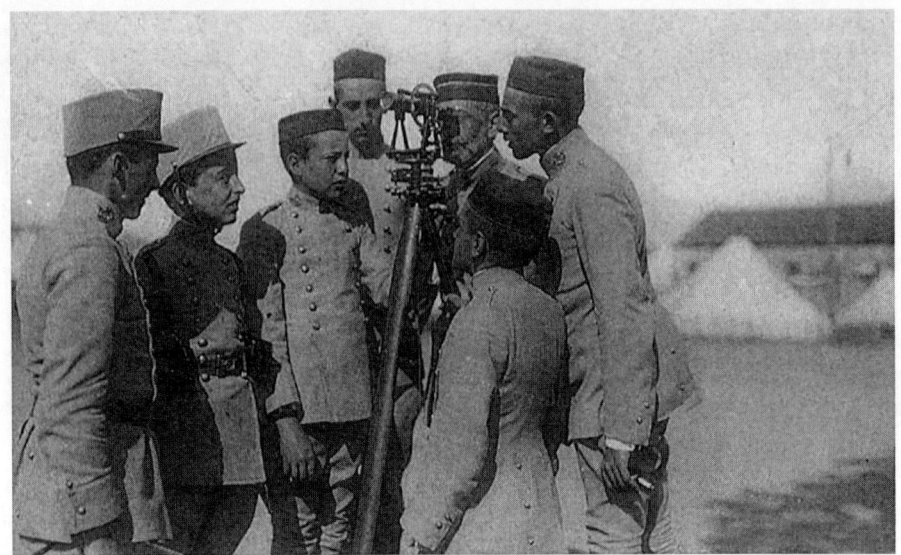

Alumnos de la Academia de Infantería de Toledo en prácticas de topografía. (Archivo Municipal de Toledo. Colección Luis Alba).

rra internacional, íbamos a barrer de barcos norteamericanos los mares y de yanquis el planeta. El milagro no apareció; pero aparecieron ¡ay! los palos y las descalabraduras que en justicia deberíamos sufrir como castigo a nuestra candidez, que del milagro nos hacía esperar lo que no supimos conquistar con el esfuerzo».

De tóxpiro a tóspiro

La extraordinaria difusión que alcanzó todo lo relativo al *tóxpiro* de Daza, no halló el mismo eco en el caso del segundo *tóspiro* (esta vez con s) con el que Antonio Meulener se propuso emular, pero con éxito, a su fracasado antecesor. Contemporáneos ambos, es lógico pensar que habría seguido muy de cerca, lleno de curiosidad e interés, todo lo relativo al desarrollo de la revolucionaria arma, mientras él mismo se afanaba en su propio proyecto.

Cuando las primeras pruebas comenzaron a realizarse, Meulener era ya bastante conocido, sobre todo en los ambientes militares, por haber desarrollado un curioso invento denominado *«bastón de Meulener»*, cuya función era la de efectuar levantamientos topográficos de campaña, de una manera rápida y sencilla. En mayo de 1885 lo había presentado en el Centro Militar de Madrid, donde causó gran expectación. La prensa de la época lo definía como un «*sistema portátil de aparatos topográficos y telegráficos de campaña, que contiene los instrumentos siguientes: brújula, goniómetro, heliógrafo, barómetro, termómetro, telémetro, podómetro, estadía, mira, plancheta, anteojo, cuerdas, rodillo de medir, banderín, estuche de dibujo, papel, tinta china, platillos, linterna y cantidad de magnesio para señales convenidas, y además dos trípodes para montar toda la estación*».

En enero del año siguiente ya se había empezado a construir en unos talleres de Zaragoza, y en mayo Meulener obtenía la patente por veinte años, al tiempo que se iniciaban los trámites para declararlo reglamentario en el ejército.

Mientras tanto, el activo militar continuaba incansable en su labor investigadora, unas veces sacando adelante inventos propios y otras contribuyendo a promocionar alguno que le era ajeno. A este respecto, en 1888 los periódicos se hacían eco del extraordinario descubrimiento de una pintura resistente al fuego que, aunque inicialmente se atribuyó al propio Meulener, enseguida se rectificó en favor de Juan Custodio Fernández, su verdadero artífice, con el que Meulener se había asociado convirtiéndose en su representante, para lo cual abrió una oficina en la calle Carretas de Madrid. Fue precisamente en la capital de España donde se había verificado la prueba, con carácter público, del nuevo producto, en un acto al que asistieron el alcalde, concejales y diputados, así como representantes de varios ministerios y otros organismos, quienes se mostraron muy complacidos por los resultados, pues de dos casetas que se habían construido con materiales inflamables, una cubierta de pintura al óleo y otra con el novedoso pigmento incombustible, la primera resultó calcinada a los pocos minutos de prenderla fuego mientras la otra resistió sin sufrir el menor daño.

Pero, volviendo al *tóspiro*, no cabe imaginar que Meulener se inspirara en el arma inventada por Daza para desarrollar la suya. Sí es verdad que, en origen, la idea de poder conseguir un elemento de guerra altamente eficaz estaba presente no sólo en la voluntad de estos dos hombres sino en la de otros muchos que trabajaron en el desarrollo de nuevos y más destructivos artefactos bélicos. Por otra parte, a pesar de la coincidencia del nombre, y por los pocos datos que se pudieron conocer de uno y de otro invento, poca semejanza debían de tener en su composición. Además, se da la circunstancia de que ambos inventores, al parecer, llegaron a trabajar simultáneamente en sus respectivos proyectos, como lo prueba el artículo publicado en *El Noticiero Balear* el 21 de junio de 1892, bajo el título *Tóspiros y torpedos*, firmado por Adrián Carreras, comandante de Infantería, a propósito de las noticias que anunciaban nuevas pruebas que Daza iba a realizar de su explosivo en el municipio de Yecla.

«Con todo el fervor de mi alma —decía el articulista— desearía que la invención de nuestro compatriota obtuviera éxito satisfactorio, y precisamente por esto, porque lo deseo vivamente, quisiera que los juicios que se emitiesen tuvieran el sello de la serenidad y de la calma con que deben ser consideradas estas cuestiones científicas (...)

Yo conozco los resultados de otros estudios análogos, debidos al capitán de infantería Sr. Meulener, que también en breve se han de verificar ensayos oficiales de ellos, y aun cuando me une con este otro señor amistad bastante estrecha, aun cuando tengo datos suficientes para formar juicio no muy aventurado, no me atrevería a decir, ni mucho menos, que para nosotros no había ya Gibraltares, ni acorazados, ni artillería capaces de oponerse al invento de nuestro amigo. (...) Para ser declarado arma de guerra cualquier instrumento que aparezca en el estadio de la inventiva, necesita llenar muchas y muy complejas condiciones que no es posible saber si las satisface un descubrimiento hasta que no se han ensayado minuciosamente sus aplicaciones y sus efectos.

Desconocemos por completo la invención del Sr. Daza, mas conocemos algún tanto la del capitán Meulener, de la cual no queremos anticipar juicios que pudiesen resultar temerarios».

En efecto, y tal como se deduce de los párrafos recogidos del artículo, mientras el invento de Daza hacía correr auténticos ríos de tinta en la prensa a cada novedad que se producía (algo seguramente fomentado por el propio interesado), el de Meulener se desarrollaba en el mayor de los sigilos sin caer en los excesos ni el evidente afán de protagonismo de su «competidor», que prodigaba declaraciones y entrevistas. Así, mientras Daza lleva-

NUEVOS EXPERIMENTOS CON EL TOXPIRO DAZA

Se han verificado estos pasados días con éxito rel... ...mente satisfactorio, (y digo relativ... ...e el autor des... pués de est...

Un fracaso

Los nuevos experimentos hechos con el famoso tóxpiro Daza, han resultado un completo fracaso. Así da á entender el lacóni... responsable...

EL EXPLOSIVO MEULENER

Nos alejamos más cada día de la nota experimental que todo pueblo debe imprimir á sus estudios y observaciones.

Entre la juventud militar estudiosa es grande el número de los Jefes y Oficiales que comprenden, para bien suyo y de todos, es indispensable el continuado trabajo de bufete y su complemento necesario de estudio práctico.

El Capitán de Infantería D. Antonio Meulener, discurrió un explosivo de gran fuerza impulsiva con ánimo de que sustituyera en gran parte, como elemento de destrucción, á las máquinas de guerra llamadas cañones.

Largos y continuados fueron los estudios y experien... ...del citado Ofici... ...E...

ba a cabo las primeras pruebas de su invento, haciendo brotar las esperanzas sobre el logro de un arma poderosa capaz de subvertir la decadencia de la nación española y transformarla en una gran potencia mundial, Antonio Meulener trabajaba calladamente en unas dependencias de la Fábrica de Armas de Toledo que le fueron cedidas para llevar a cabo sus experimentos.

El septiembre de 1901, el capitán general de Andalucía, entrevistado por un redactor del *Noticiero Sevillano* hacía estas esclarecedoras declaraciones al respecto:

«*Somos tan impresionables los españoles, pasamos con tanta facilidad del delirante entusiasmo a la más glacial de las indiferencias, que de haber sido del dominio público los trabajos que por espacio de dos años ha llevado a cabo el capitán Meulener en la fábrica de Toledo, las impaciencias de los unos y los entusiasmos de los otros, hubieran seguramente dado al traste con el invento y con el inventor.*

Cuando regresé de Cuba —continuó el general— el capitán Meulener, antiguo y querido amigo mío, me llevó a su laboratorio, establecido en una boardilla [sic]; me enseñó una pasta, producto de pólvora amasada con sustancias químicas (estas sustancias son el secreto del inventor), que se combustionan uniformemente y con fuerza impulsiva tal, que al conocerla me dejó asombrado. Es una pasta que ha resucitado el fuego griego, pues arde en el agua, no la descompone la acción del tiempo, ni la humedad, ni el calor; arde solo aplicándole una mecha y pueden conducirse millares de kilos, sin peligro de ninguna especie. Vi en la pasta Meulener una poderosa fuerza, y cuando el inventor me comunicó su idea de aplicarla al torpedo aéreo, le dije en el acto: mañana lo presento a usted al ministro de la Guerra, porque si la grandiosa idea de usted se convierte en realidad, habrá usted hecho la revolución más trascendental en la industria armera y en el arte de combatir. Meulener, previa la presentación al ministro de la Guerra, que le acogió muy benévolamente, pasó a la fábrica de Toledo a trabajar. No es ahora ocasión de decir en las condiciones que ha trabajado. Su poderosa energía todo lo ha vencido, y a martillazos, ayudado por dos obreros que él tuvo que enseñar, casi manualmente, ha construido un cañón lanzatorpedo originalísimo por su sencillez, un alza para ese cañón, aún más sencilla y verdaderamente notable, y unos proyectiles que, a pesar de su construcción embrionaria, recorren ya con gran velocidad inicial, distancias considerables.

—Entonces, ¿cree usted, mi general, que el problema está resuelto?

—Para mí, que soy hombre de fe, en principio, lo está. Faltan las perfecciones balísticas y los perfiles de construcción.

—Y si el problema queda resuelto tal y como lo concibe el inventor, ¿es tan grande la revolución que puede causar?

—Si por fortuna, el problema se resuelve, no habrá naciones moribundas porque el torpedo Meulener está al alcance de todas las fortunas. Para que usted se forme una idea, le diré que el cañón lanza-torpedos de Meulener podrá costar de 600 a 1.000 pesetas; es decir, que con lo que cuesta un cañón de 30 centímetros se podrán construir trescientos de Meulener.

—Es muy interesante lo que usted nos dice, mi general.

—Y más interesante les parecerá cuando sepan que al Estado le han costado hasta ahora, los estudios de Meulener, escasamente cinco mil pesetas en dos años, y que si, como es de esperar, dadas las iniciativas del general Weyler, se continúan los trabajos ya en serio, y con todos los elementos, podrá gastar el Estado a lo sumo, de veinticinco a treinta mil pesetas.

—Pues vale la pena que el ministro de la Guerra no abandone tan interesantísimo estudio proporcionando al capitán Meulener todo cuanto necesite.

—El general Weyler es el primer interesado y su imparcialidad ha quedado demostrada con el nombramiento de la comisión mixta, la cual ha emitido ya su informe. Ahora depende todo de lo que haya informado esta comisión».

El general Valeriano Weyler, ministro de la Guerra, que alentó los experimentos del tóspiro de Meulener

Simultáneamente, la prensa de todo el país daba cuenta del primer experimento sobre la nueva arma realizado en Toledo por esas mismas fechas. El 2 de septiembre, en la edición del *Correo*, de Madrid, se leía lo siguiente:

«*El capitán de Infantería Sr. Meulener, ya conocido por varios inventos científicos, ha presentado el de un cañón torpedero, cuyas experiencias se están verificando actualmente en Toledo ante una comisión técnica formada por un jefe de Artillería, otro de Infantería y otro de Ingenieros, más un ingeniero agrónomo, encargado de estudiar la aplicación del cañón de que se trata a la llamada artillería agrícola.*

Las pruebas se practican reservadamente, pero en la de ayer, según telegrafían los corresponsales, se vio por el público elevarse el torpedo a gran altura y estallar con formidable detonación.

En este caso no se trata de fantasías de carácter empírico, como las del famoso tóxpiro Daza, pues el capitán Meulener, procedente de la Academia de su arma, posee vasta cultura técnica y su invento, resulte o no eficaz, está probado que descansa en principios científicos».

Como se puede deducir de este y otros comentarios similares que en esos días aparecían en los periódicos de toda España, el trabajo de Meulener era considerado de mayor rigor que el que desarrollara Manuel Daza, al que ya se daba por amortizado y falto de toda credibilidad. En poco tiempo, aquel inventor sobre el que tantas y tan grandes expectativas se habían formado, acabó relegado al olvido cuando no siendo blanco de burlas por la propia prensa que se había encargado de encumbrarle. En

1900, apareció publicado en varios periódicos un comentario plagado de ironía, donde se podía leer lo siguiente:

«Pocos españoles se acordarán ya del tóxpiro de Daza (...) Y sin embargo, el tóxpiro fué durante algún tiempo, y tiempo no muy lejano, la preocupación de muchísimos españoles. Se hablaba de él en todas partes y, aunque muchos lo nieguen ahora, no eran pocos los que creían en la virtud del tóxpiro; y había quien hasta calculaba aproximadamente el número de yanquis y milésimas de yanqui que podrían morir a manos de Daza semanalmente o por trimestres vencidos.

Todo el mundo creía en el tóxpiro, excepto tres o cuatro espíritus pesimistas que alegaban, en contra de la opinión general, la razón de que Daza era boticario. ¿Qué necesidad —decían— tiene un boticario de apelar a un nuevo explosivo para matar gente? ¿No tiene bastante con las medicinas? Pero ni esta razón poderosa convencía a los partidarios del terrible invento, y el tóxpiro fue, durante algún tiempo, casi una epidemia. Una especie de trancazo, pero más benigno, porque el trancazo mata a algunos y el tóxpiro no sirvió para matar a nadie».

El ocaso de Daza, que terminaría huyendo del ruido de la fama, daría paso a las nuevas expectativas planteadas por el invento de Antonio Meulener, si bien en este caso mucho más moderadas y que nunca alcanzarían, ni mucho menos, el interés mediático de su antecesor. Tal vez aquellos pasados excesos fueron los que determinaron en este caso la discreción sobre los nuevos experimentos.

No obstante, de vez en cuando los periódicos iban dejando caer algunas novedades. El 4 de septiembre de 1901, el diario madrileño *La Correspondencia de España*, aportaba estos datos:

«La base del invento es el descubrimiento de un mixto o pólvora de combustión lenta que, a reducido volumen, desarrolla gases en tal cantidad, que constituye una desconocida fuerza propulsora, que le ha permitido intentar el perfeccionamiento, no conseguido por nadie hasta ahora, del antiguo cohete de guerra (...) El proyectil, cuyo peso es de 5.500 gramos, es cilíndrico, ojival y de figura parecida a una granada de las que emplea la artillería moderna (...) Sin valernos de esas averiguaciones que desvían la opinión de lo que es lógico esperar de un invento que se halla en las pri-

meras etapas de su estudio, diremos que, en nuestro concepto, el Sr. Meulener posee los datos suficientes para considerar quo tiene resuelto el problema del cohete de guerra, pero que se necesitan estos trabajos de afinación indispensables para conseguir dotarlo de trayectoria precisa y forzar su alcance a mayor distancia que hasta hoy puede obtener, que ha sido de unos dos mil metros apróximamente.

Ese invento representa mucho tiempo de estudios privados de gabinete y dos años de trabajos penosísimos en la Fábrica de Armas de Toledo, donde por efecto de lo peligroso de los elementos que manejaba, sólo podía permitírsele operar en un local abierto, distante del edificio y en lucha constante con el calor ardiente del estío y el frío glacial de los inviernos. Un invento como el del mixto Meulener, cuyas aplicaciones pueden ser infinitas, representa por sí solo un descubrimiento digno de no ser abandonado».

En efecto, su artífice no lo olvidaría, pero habrían de pasar más de diez años hasta la prueba definitiva llevada a cabo en un paraje de los Montes de Toledo, sin identificar, que confirmaría la potencia devastadora de la nueva arma y, consiguientemente, la destrucción por su creador de todo el trabajo realizado con el fin de impedir su producción.

Cañón Krup, reglamentario en el ejército español a comienzos del siglo XX, con el que fue disparado el tóspiro de Meulener.

De todo esto, sin embargo, no quedó prueba fehaciente alguna, y ni en la prensa local de aquellos tiempos ni en la memoria de la Comandancia de la Guardia Civil de Toledo correspondiente a dicho año quedó constancia alguna, como ha confirmado José Luis Isabel. ¿Se quiso borrar todo vestigio de aquel acontecimiento? Es muy posible, dado que no se alcanzó el final deseado.

Cuarenta y un años después, el 7 de julio de 1953, el teniente general Luis Bermúdez de Castro, que fue amigo de Meulener y testigo privilegiado aquella jornada, describió lo sucedido en un artículo publicado en el diario ABC, del que recogemos sus párrafos finales.

«*Una tarde, sentados a la puerta del edificio donde estaba el Casino de la Gran Peña, díjome mi amigo:*

—Ya sabes que estoy enfermo incurable; la tuberculosis me mata más deprisa de lo que esperábamos los médicos y yo; tengo fiebre constante, más o menos alta, y prisa por ensayar el Tóspito cuanto antes; le he puesto ese nombre como más adecuado a su constitución. ¿Quieres acompañarme a los Montes de Toledo?

Mi pobre compañero había contraído su enfermedad durante sus maquinaciones intelectuales y su angustia espiritual, pero sin perder su buen humor andalucísimo y su gracejo, que hasta de la misma muerte se burlaba.

En lo más solitario de aquellas soledades instalamos un campamentillo en una de cuyas tiendas se abrigaban un cañón Krup, entonces reglamentario, y un proyectil semejante a una granada rompedora.

Me llevé para nuestro servicio unos pocos cazadores de mi batallón de las Navas y observando el terreno, avisté a varias distancias, esparcidos, dos rebaños de cabras y de ovejas, de burros matalones y mulas inútiles.

—Son —díjome mi camarada— para estudiar el efecto que en la atmósfera haga la explosión, pues me temo que el aire se haga irrespirable por mucho tiempo.

A los tres días de llegar, hízose el primero y único disparo. La Guardia Civil había expulsado, con mucha anticipación, todo ser viviente de dentro de los montes de Toledo y seguía vigilando los accesos habituales de aquel terreno, dotado de una vegetación salvaje.

Intentamos reconocer el campo de tiro, pero no pudimos adelantar más que un kilómetro, y eso con extraordinaria fatiga, porque, en efecto, el aire era

El teniente general Luis Bermúdez de Castro, testigo de los terribles efectos de la explosión del tóspito de Meulener.

irrespirable. A los treinta días penetramos quince kilómetros, sin sentir más que pequeñas molestias en la garganta y lacrimeo en los ojos. Meulener tenía alta fiebre todas las noches y su aspecto me alarmó de tal manera, que le convencí a renunciar a más reconocimientos y regresar a casa. Antes de emprender el regreso reconocí yo solo el campo inmediatamente después de una lluvia, que debió lavar el ambiente; la impresión fue profunda; no hallé ni un árbol, ni un hierbajo, ni rastro de ganado, ni piedrecilla en el suelo; mis cazadores, campesinos en sus pueblos, estaban aterrados; la Guardia Civil me informó que la explosión de la granada había sido como un terremoto y que de los rebaños no habían hallado ni sangre ni pelos, ni huesos. Llegamos a la Corte; mi compañero, cabizba-

jo y triste; yo, esperando que se quedara muerto en mis brazos, porque a ratos se ahogaba; lo dejé en el lecho, y al despedirme, díjome:

—Tengo vida para muy poco tiempo y no quiero morirme con el remordimiento de haber dejado a los hombres un arma con la que pueden aniquilarse ellos mismos y destruir la Naturaleza, que también es obra de Dios. Esta misma noche voy a quemar todos los papeles, cálculos, dibujos, planos, y no quedará rastro del Tóspiro, y poco después de su autor.

A la mañana siguiente, el ministro se presentó en la alcoba, y al enterarse de la ya realizada disposición del enfermo, empezó a darse puñetazos en las rodillas y se levantó luego exclamando:

—¡De manera que adiós nuestra supremacía internacional, adiós el recobro de Gibraltar, ilusiones perdidas, tiempo perdido, todo ha sido un sueño!

El inventor, reclinado sobre un montón de almohadas, le escuchaba sonriente y yo, de la misma opinión que el ministro, comprendía el disgusto de éste y me extrañaba que no se afectase el enfermo.

—¡Pero Antonio! ¿Por qué has hecho eso? —le dije.

—Porque —me dijo— las cosas de este mundo se ven de una manera distinta cuando tiene uno ya en el bolsillo el billete para el viaje al otro».

Pocos días después, retornado a su destino en Algeciras, fallecía el capitán Antonio Meulener cuando estaba a punto de ser promovido a teniente coronel. Con él finalizaba también aquel largo sueño en el que España se imaginó dueña del mundo.

Maurice Barrès y el Priorato de Sión

LUIS RODRÍGUEZ BAUSÁ

En la década de los ochenta del pasado siglo, se publicó en castellano (la edición que yo tengo corresponde a la editorial Martínez Roca y es del año 1982, pero existen numerosas ediciones en diversas editoriales) un libro que, además de convertirse en un éxito de ven-tas en el ámbito anglosajón, removió conciencias en el seno del cristianismo, por cuanto allí se contaba en relación al linaje de Cristo (quien se habría casado con María Magdalena y habría tenido descendencia) y una supuesta or-ganización denominada el Priorato de Sión, que sería la encargada de custodiar el secreto y proteger a lo largo de los siglos la supuesta descendencia de Jesús. Este libro se tituló en castellano *El enigma sagrado* y son sus autores Michael Baigent, Riochard Leigh y Henry Lincoln.

Es posible que el lector haya reconocido ya la tesis central de otro bestseller: *El código Da Vin-* ci. Esta vez se trataba de una novela, no de un ensayo, escrita por el norteamericano Dan Brown en el año 2003. De hecho, la trama central de la novela es tan parecida que los autores demandaron ante la justicia a Brown por plagio, aunque un tribunal londinense exoneró al escritor de este delito. Abandonemos esta polémica, que en modo alguno nos interesa, y vayamos a lo que nos incumbe.

La realidad suele ser menos romántica que la imaginación. Decimos esto, porque con los documentos existentes en la mano, el priorato no habría existido hasta que un señor llamado Pierre Plantard lo creó en el cercano año de 1956 (o sea, antes de ayer), y, por tanto, es imposible que genios como Da Vinci, Debussy o Newton pertenecieran a tal fraternidad. Piense el lector que difícilmente una hermandad que custodiara tan alto secreto —ni más ni menos que la dinastía emanada de Cristo y de la que descenderían los reyes merovingios— habría conseguido que no se divulgase esta cuestión a lo largo de veinte siglos, pero, en fin, ahí está la incógnita para quien desee indagar sobre ello.

En la obra *El Enigma sagrado* se recoge un apéndice, donde quien esté interesado podrá consultar la relación de los supuestos grandes maestres del priorato, desde Jean de Gisors, primer gran maestre y caballero del Temple, hasta Jean Cocteau, nacido en 1889, amigo de De Gaulle.

La conexión Debussy y Barrès

Cuando leímos *El enigma sagrado,* varias cuestiones nos llamaron la atención. Al pasar revista a los supuestos grandes maestres del priorato de Sión, se supone que el genial músico francés Claude Debussy (nacido en París en 1862 y fallecido en 1918), autor de obras inmortales de la música del siglo XIX y amigo íntimo de Víctor Hugo y de los grandes del ocultismo francés —que eran por aquel entonces, Papus, la soprano Emma Clavé y el pintor Josephin Péladan—, habría sido uno de los grandes maestres del priorato.

Dicen en el enigma sagrado:

«La fascinación por las sociedades secretas y un interés re-

Maurice Barrès

novado por lo esotérico continuaron adquiriendo influencia y partidarios durante todo el siglo XIX. Ambas tendencias alcanzaron su punto culminante en el París de finales de siglo: el París de Claude Debussy, supuesto Gran Maestre de Sión en 1891».

Es importante tener en cuenta, como dicen en *El enigma sagrado* que:

«Uno de los contactos ocultistas más íntimos de Debussy era Joséphin Péladan, otro amigo de Papus, y como era de prever también de Emma Calvé.

En 1890, Péladan fundó una nueva orden: la Orden de la

Rose Croix Católica, del Temple y del Grial. Y en esta orden, a diferencia de las demás instituciones de la Rose-Croix en el periodo, de un modo u otro se libró de la condenación pontificia».

Continúa el libro señalando que: *«Entre las demás relaciones de Péladan y Debussy estaba Maurice Barrés, quien, siendo joven, había estado relacionado con el círculo de Rosacruz, con Víctor Hugo. El 1912, Barrès publicó su novela más famosa:* La Colline inspirée *(La colina inspirada). Ciertos comentaristas modernos han sugerido que, de hecho, esta obra es una alegoría apenas disimulada de Bérenger Saunière y Rennes-le-Château.*

Al parecer, Claude Debussy conoció a Victor Hugo por mediación del poeta simbólico Paul Verlaine. Posteriormente pone música a varias obras de Hugo. También ingresó en los círculos simbolistas que, en el último decenio, dominaban la vida cultural parisiense. Estos círculos eran a veces ilustres, a veces raros y a veces ambas a un tiempo. Formaba parte de ellos el joven clérigo Emile Hoffet y Enma Calve, a través de los cuales Dubussy conoció a Bérenguer Saunière».

Ya tenemos aquí la conexión entre Barrés y Debussy, entre Debussy y Saunière, y entre Debussy y Victor Hugo, quien, por cierto, en su obra más conocida, *Nôtre Dame de Paris,* por boca de la gitana Esmeralda recuerda uno de los enclaves mágicos por excelencia de Toledo: la cueva de Hércules, a través del romance del rey Rodrigo. El dato no es menor, toda vez que este enclave es el lugar en el que muchos autores, poetas y escritores, desde el siglo octavo hasta la actualidad, aseguran que se mantuvo oculto el fabuloso tesoro que los visigodos habrían traído a Toledo después del saqueo de Roma por Alarico, y tras saltar las fronteras pirenaicas.

Barrès y Toledo

La relación entre nuestra ciudad y el escritor francés surge a raíz de la publicación en 1912 de la obra *El Greco o el secreto de Toledo* (existen innumerables ediciones en diferentes editoriales. Quizás la más exquisita sea la publicada por Antonio Pareja en el año 2008 con ilustraciones de Auguste Brouet).

Hay un cuadro de Zuloaga expuesto en el Museo d'Orsay que retrata a Barrès con Toledo al fondo.

Afirman en el blog *Artehistoria* (https://www.artehistoria.com/

Maurice Barrès ante Toledo, cuadro de Ignacio Zuloaga

es/obra/maurice-barr%C3%A8s-con-toledo-al-fondo) que:

«*Durante la larga estancia parisina de 1913, Zuloaga realizó dos de sus retratos más espectaculares*: La Condesa de Noailles y Maurice Barrès con Toledo al fondo. *Barrès era un escritor lorenés, gran aficionado a la Historia y a las tradiciones, interesándose especialmente por el pasado de Toledo, llegando a escribir una obra titulada* El Greco o el secreto de Toledo. *Naturalmente, cuando Zuloaga le retrató, empleó una composición protagonizada al mismo tiempo por el escritor y por la ciudad imperial, tomando como referencia la* Vista y plano de Toledo *de El Greco, uno de sus pintores favoritos. En la obra del cretense, su hijo Jorge Manuel se sitúa en la zona derecha de la composición; en el lienzo del maestro de Éibar, el protagonista se sitúa a la izquierda, pero el resultado es el mismo, al ofre-*

cernos una espectacular vista de Toledo con sus más importantes edificios: el puente de Acántara, el Alcázar y la catedral, simplificando Zuloaga las arquitecturas y suprimiendo el plano del lienzo original del pintor manierista. El resultado es una obra cargada de simbolismo y teatralidad, en la que literatura y pintura se funden con toda la intensidad.

Contamos esto porque Zuloaga fue uno de los primeros que apostaron por el homenaje a Barrés en Toledo, para lo cual no tuvo reparos en venir hasta Madrid desde el París en que residía y entrevistarse con Marañón para que tal iniciativa tuviera éxito, como finalmente sucedió.

Cuenta mi amigo Ángel Monterrubio (muchos años compañero docente de la UCLM) en *La Tribuna de Toledo* (https://www.la tribunadetoledo.es/opinion/zcb1 83d21-e0da-0fdd-8885ee2e 120f4185/202005/homenaje-a-mauricio-barresque) que: «*La idea inicial fue organizar un acto sencillo, el día posterior al Corpus, descubrir por la mañana una placa de cerámica talaverana con el nombre del escritor en la calle que autorizara el ayuntamiento (ellos sugerían la calle Carretas), celebrar un almuerzo en el Mesón del Sevilla*no y después trasladarse los asistentes hasta la ermita del Valle donde tomarían la palabra algunas personalidades.

El ayuntamiento accedió a la petición, la calle del Barco fue la elegida y el homenaje se celebró, con algunos cambios, el 15 de junio, cuatro días antes del Corpus. Acudieron Marañón, Zuloaga, Azorín, Aguilar, Ortega, D´Ors, Pérez de Ayala, el embajador de Francia, el novelista francés René Bazin, Mme. y Felipe Barrès, viuda e hijo del homenajeado, entre otros muchos.*

Recibió y agasajó a la comitiva el Marqués de Vega Inclán en la Casa del Greco, de allí fueron al ayuntamiento, donde los esperaba el alcalde Benegas, bajaron hasta la calle del Barco, descubrieron una placa de Ruiz de Luna y tomaron la palabra el alcalde, Bazin, Felipe Barrès y cerró Azorín, en nombre de los organizadores, todos glosando las fuertes vinculaciones del escritor francés con Toledo. Después pasaron por Santo Tomé para ver el Entierro del conde de Orgaz, comieron en los jardines del Palacio de Buenavista con más discursos a los postres, pusieron un ramo de flores debajo de la placa que conmemoraba que allí Galdós había escrito Ángel Guerra, y a la caída* de la tarde subieron hasta la Ermita del Valle para contemplar la ciudad como la veía Barrès en el cuadro de su amigo Zuloaga».

Llegado a este punto, bueno será recordar que Barrès nació un 19 de agosto de 1862 en Charmes, y murió en 1923. Escribió media docena de novelas, la más conocida de las cuales es *Un jardín sobre el oriente*. También se prodigó en libros de viaje (como es el caso del libro sobre el Greco), obras de teatro y escritos políticos. Muchas de estas obras rezuman esoterismo.

En 1921, en la conocida publicación *Toledo: revista de arte* (número 261), y firmado por Francisco Caravaca, aparecía un artículo que llevaba por título «Mauricio Barrés, el exégeta del Greco». El autor del artículo alababa la conocida obra del francés sobre el pintor cretense que acabamos de citar. En este artículo de un par de páginas, su autor manifestaba una verdad incontestable:

«En España, el Greco ha permanecido olvidado hasta la segunda mitad del siglo XVIII, y a partir de esta época son varios los españoles que se ocupan distanciadamente del inmenso tesoro artístico que se cobija bajo las telas idealizadas y místicas del Greco».

Razón no le faltaba a Caravaca, porque lo cierto y verdad es que hasta que viajeros ilustrados —fundamentalmente franceses como Théophile Gautier y el propio Barrés— no pusieron en valor la obra del pintor, sus cuadros no eran en absoluto valorados por el común de los mortales. Seguro que por esta razón, porque el amigo Mauricio supo colocar la obra del Greco donde se merecía, se le dedicó la calle del Barco un 15 de junio de 1924 como acabamos de ver, y donde pocos meses después, como recuerda Rafael del Cerro (https://www.abc.es/espana/toledo/abci-hospital-pedro-toledo-imagenes-403691301-20191222135056_galeria.html), también se pusiera otra placa dedicada al discípulo toledano del Greco, Luis Tristán, que vivió en esta misma calle y murió en 1624.

Barrés —dado a las artes y a las ciencias esotéricas en según qué círculos— escribió en *El Greco o el Secreto de Toledo*:

«En esta ciudad de nigromantes y de la cábala, los grandes intelectuales de Israel habían recogido y comentado las herencias de Judea, de Babilonia y del Norte de África. Y fue tal el brillo de su ciencia, que el nombre de Toledo evoca ciencia del pueblo disperso».

Hay quien asegura en algún libro actual que Barrés vino a Toledo no tanto atraído por la obra del Greco —que también—, cuanto por encargo de Debussy, ya Gran Maestre del Priorato de Sión, para indagar sobre la presencia en Toledo del Santo Grial (algo de esto ya contamos en nuestra obra *Toledo insólito* en su relación con el Temple), como tiempo después hiciera Himmler por encargo del asesino Fürher alemán.

Terminamos, no sin antes recordar que la figura del Greco, que tanto atrajo a Barrés, también ha sido con frecuencia considerada como un heterodoxo perteneciente a determinados círculos secretos (como nuestro querido Juan de Herrera y otros intelectuales de su tiempo) y conocedor del secreto del Priorato. Ahí es nada.

Háganme caso. Colóquense en los auriculares cualquiera de las obras de Debussy, esperen a que atardezca y dense una vuelta por los enclaves toledanos que Barrès describiera en su libro sobre el Greco. Les aseguro que el viaje habrá merecido la pena.

El Priorato de Sión, el Temple, el Greco, Barrés, Debussy, Víctor Hugo, Toledo, la ciudad mágica por excelencia... No me negarán que la relación de estas derivadas no es atrayente, y más cuando todo parece confluir en nuestra querida ciudad. Queden por ahora las espadas en alto, y que otros/as indaguen con mayor fortuna sobre esta cuestión.

Ángeles Carmona, nuestra *Quijota* toledana

SANTIAGO SASTRE

Ángeles Carmona mira de frente cuando habla, se nota que es pasional y gesticula mucho, conjugando el lenguaje verbal con el no verbal. Destaca su dedicación en cuerpo y alma al teatro, como actriz, y como dramaturga. Es fácil encontrarse con ella en las calles de Toledo representando su papel de *Quijota*, lanzando a los viandantes frases textuales del Quijote *(«Gigantes he vencido, y follones y malandrines...),* que ha asimilado como un mundo aparte en el que debe triunfar la justicia y la fantasía. Ese, junto con la venta de sus libros, es su medio de vida. Me impresiona cuando me explica que defiende una visión natural (no convencional) del lenguaje, siguiendo la estela de Platón; es decir, que hay una razón empírica, que tiene que ver con las cosas o los objetos, para explicar el origen del lenguaje. Se trata de una tesis que casi nadie defiende en el plano lingüístico, pues se suele asumir que el lenguaje se apoya en convenciones y reglas sobre su uso. Pero ella está totalmente convencida y le gusta nadar contracorriente.

—*¿Dónde naciste? Háblame de tus padres y de cómo fue tu infancia y primera etapa escolar.*

—Nací en 1961 en San Sebastián, pero en 1963 mis padres emigraron a Madrid, y allí fue donde viví siempre. Los veranos los pasábamos en el norte, mitad montaña y mitad playa, en casa de mi abuelo. Así que desde muy pequeña viví a caballo entre el invierno y el verano, la meseta y el mar, estudiar y jugar, y en las llegadas y las despedidas reconocí la sensación del tiempo fugitivo y la vida que se va, y también el drama de las raíces.

»En Madrid vivíamos en una burbuja: mis padres y los cinco hermanos que somos. Mi padre era bedel en el Instituto Nacional de Previsión, por las tardes se dedi-

caba a la música con la guitarra española. Mi madre era licenciada en Filosofía y Letras, una apasionada de la literatura que nos recitaba poemas y fragmentos de obras clásicas y modernas mientras se dedicaba a sus labores.

»El ambiente de casa era un am-biente inusual, mi madre leía, mi padre hacía dedos con la guitarra en el cuartito, aprendimos a leer muy temprano, y desde siempre a todos nos gustó estudiar. Recuerdo el día de Reyes como algo especial: ¡las torres de libros en cada zapato!, o así me lo parecía. Nos pasábamos el día leyendo. La tele solo la en-cendíamos para la película de los sábados a las cuatro o para los dibujos animados *merry-melodies*. Estábamos demasiado entretenidos estudiando todo lo que podíamos, haciendo deporte y jugando. En resumen, tuve una infancia feliz, con aventuras similares a las de *Los Cinco*, de Enyd Blyton, o de *Guillermo el travieso*. Estudié en el colegio Decroly y allí fue donde descubrí mis dotes de actriz desde muy pequeña, aunque lo que quería era escribir. Luego en BUP me cambié al Instituto Lope de Vega, en Malasaña, donde las relaciones sociales eran más diversas.

—*Cuéntame algo de tu periodo universitario en la Universidad Complutense, en la que te licenciaste en Filología Hispánica.*

—En 1978 me matriculé en Filología Hispánica en la Complutense, qué emoción. Recuerdo las clases magistrales de latín de Agustín García Calvo, muy importantes para mí más adelante. La vida universitaria, la libertad de ser adultos, de reconocer tus capacidades, de medirte a ti mismo, de perder una clase por un beso bajo los pinos. Todo bajo la guía del conocimiento, con ansia de aprender, de saber.

»Ese mismo año comencé a trabajar como animadora infantil con Puente Cultural durante la época estival. El trabajo consistía en hacer de guía turística en hoteles y realizar intervenciones lúdicas y teatrales con grupos de turistas. Así comenzó mi carrera profesional con el turismo, en el que la literatura era importantísima, por la necesidad de conocer el folclore, las tradiciones, la historia, en fin, de nuestro país. También el juego era y es para mí un motor fundamental: el juego corporal y el movimiento. *Homo Ludens*. Hice algún curso de mimo. Quería estudiar teatro. Mi padre me dijo: «Tú te crees que eres Carolina de Mónaco para hacer lo que tú quieres».

—*¿Por qué dices que fue importante para ti García Calvo?*

—En 1994 trabajaba como secretaria de la Cátedra Airtel en la UPM de Madrid, dirigida por José Antonio Martín Pereda. Una profesora del Departamento, Ana Gónzález Marcos, inquisitiva y curiosa, me consultó un día con la siguiente duda: «Ángeles, me estoy leyendo la *Gramática filosófica de la lengua castellana*, de Eduardo Benot, y en el apartado de formación de las palabras, hablando de las raíces, dice que... la ciencia filológica no ha logrado encontrar todavía la razón del significado de las raíces... por si tú sabes decirme algo...». Como en las películas, dudé unos segundos mientras miraba el panorama de la sierra madrileña, y le contesté: «La razón del significado de las raíces es el movimiento». Y colgamos. En ese mismo momento comenzó mi investigación sobre este tema que titulé *Futurling: sobre el movimiento como origen del Lenguaje*. Asunto espinoso; condición, parece ser, común a todos mis proyectos, y también a largo plazo.

»'A largo plazo' significa que comencé a estudiar el asunto con tanto ahínco, que en 1998 propuse a García Calvo que me dirigiera mi tesis doctoral. García Calvo me dijo que la ortodoxia lingüística no aceptaría esta fundamentación (porque desde Saussure en 1913 se concluyó que el lenguaje es arbitrario y no natural), a no ser que yo encontrara una justificación.

»Así quedó la cosa, pasaron los años, no pude llevar a cabo la tesis, pero yo seguí profundizando en el tema, sobre todo a través del Teatro. Efectivamente, junto con el actor Blai Senabre, pusimos en escena *Futurling*, una comedia en la que dos locos profesores buscan una lengua universal para entenderse. La obra se estrenó en el Pícaro de Toledo en 2000. Más tarde, en 2009, volví a poner en escena la tesis con la obra *Meditación en el fregadero (o el Baile de Saus-*

Ángeles Carmona con Santiago Sastre

sure), pero esta vez para un solo personaje: una mujer que friega los platos mientras realiza ejercicios sobre el alfabeto. Este es uno de los mejores *mindfulness* que conozco, cuyas raíces las encontramos en los lingüistas españoles.

»Finalmente, con el paso del tiempo, me pareció dar con la justificación necesaria que me requería Agustín García Calvo: su aplicación como taller de estimulación cognitiva contra el alzhéimer, que tiene como base el movimiento y la pronunciación de las letras. En este punto inicié un interesante recorrido por asociaciones, residencias, centros de mayores, poniendo en marcha el taller, hasta que en 2004 Juliana Fariña, presidenta del Colegio de Médicos de Madrid, rebautizó la investigación como «*Futurling, rehabilitación lingüística del Alzheimer*».

—*¿Qué te hizo estudiar teatro en París con Jacques Lecoq? ¿Qué significa para ti el teatro, por qué tú te consideras sobre todo actriz y dramaturga?*

—Yo quería ir a París, ciudad soñada por todos los artistas. En mi caso, desde que leí *El filo de la Navaja* de Sommerset Maugham, una novela que no tiene nada que ver con el arte, sino con Dios. El protagonista vive una temporada en París, en una buhardilla, estudiando griego y filosofía, lo mismo que Marie Curie, durante su temporada de estudiante en la Sorbona, así que las buhardillas de París me parecían idóneas para mí también. Puesto que yo venía de una educación básica en inglés, tuve que estudiar por mi cuenta francés con el método Assimil. Fui al Ministerio de Asuntos Exteriores a informarme acerca de las escuelas de Teatro que había en París. Me dijeron que tres: la de Marcel Marceau, la de Étienne Decroux y la de Jacques Lecoq, este último especializado en el movimiento. Esto me gustó, pues el movimiento, o sea, el cuerpo (jugar, correr, bailar), es imprescindible para mí. Marceau, admirable, pero demasiado rígido para mí.

»Y de esta manera tan sencilla seleccioné la Escuela Lecoq, famosa en el mundo teatral por tratarse de uno de los mejores pedagogos de teatro del siglo XX. Escribí para solicitar una plaza durante el curso 1982-1983 y me admitieron. El curso se inauguraba en octubre, y con algunos ahorros del trabajo como animadora, a través de una amiga que estaba de *au-pair,* conseguí alquilar un pequeño apartamento en Montmartre, cerca del Bateau-

Lavoir, y me planté el mes de agosto en París a ver cómo era.

»París, sus bulevares, sus castaños, su olor; vivir en Montmartre, sobre la sombra de los pasos de pintores, poetas, escritores, artistas, vividores, hambrientos de lo inesperado y maravilloso. Salí y viví y me dediqué a estudiar francés a fondo por mi cuenta, traduciendo los cuentos clásicos infantiles de Perrault.

»Al cabo del mes me di cuenta de que era impensable realizar los estudios de teatro en la Escuela Lecoq, ya que no era viable económicamente. Y aquí aparece la magia en mi vida, pues terminando agosto y preparando las maletas para regresar a Madrid, paseando con mi amiga *au-pair* por La Madelaine, encontré una billetera bajo las ruedas de un coche. Más de una hora estuvimos esperando a que viniera alguna persona con pinta de desesperación buscando la billetera, pero después de un tiempo, nos fuimos con nuestro tesoro en las manos, lo repartimos, y gracias a aquel dinero yo pude pagar el primer trimestre de la Escuela y quedarme en París a estudiar Teatro.

—*¿Qué pasaba mientras tanto con tus estudios de Filología?*

—Pues me matriculé como libre. Durante el invierno me preparaba a mi aire los temarios de las asignaturas y me presentaba a los exámenes en junio o septiembre. Así terminé segundo y tercer curso de la Universidad Complutense. Los dos años que pasé en la Escuela Lecoq fueron, como poco, inolvidables (1982-1984). La técnica cumplía todas mis expectativas: era objetiva, científica, orgánica, fuera de sentimentalismo y de análisis psicológico, ¡naturaleza, juego y movimiento! En línea con la claridad que tan bien plasma Ramón y Cajal en su obra *Reglas y consejos sobre investigación científica*. Trabajé materias diversas: Acrobacia, Preparación corporal, Improvisación, Másca-

DIVERTEATRO
ÁNGELES CARMONA

---

ras, Análisis del movimiento, Autocurso (los alumnos trabajan en grupo durante una semana sobre un tema determinado. A su término, se visiona el trabajo final de cada grupo). Géneros teatrales: Melodrama, Bufón, Tragedia, Clown, Comedia del Arte... Trabajo duro, pero vital y satisfactorio.

»Todo esto con París de fondo, en mis buhardillas, *les toits* de París, como yo quería, pasando el frío invierno con una estufa de gas mientras escuchaba la canción *Yolanda* de Pablo Milanés en un viejo casete; trabajando en un mercado vendiendo frutas y verduras o de pinche en un restaurante. *La bohème*.

»Al terminar la escuela en 1984, decidí regresar a Madrid y terminar los estudios de Filología, me quedaban dos años: cuarto y quinto. En quinto de carrera tuve como profesor de Teoría Literaria a Fernando Lázaro Carreter, el cual, en el examen final, me puso un sobresaliente. Lo comento porque, al recoger la papeleta, para mí fue una gran sorpresa. Recuerdo que el examen consistía en comentar un poema de Jorge Guillén, y como nunca me ha gustado analizar poemas, contesté la pregunta escribiendo otro poema, que era, cómo no, sobre la vida. Supongo que fue eso lo que le decidió a ponerme esa nota. Me licencié en 1987.

—*¿Qué fue lo que te llevó a vivir a Toledo?*

—Lo que me llevó a vivir a Toledo fue un caso de posesión en el arte, en forma de personaje histórico: Margarita de Navarra. En diciembre de 1992, cuando vivía en Madrid en una buhardilla de Embajadores, cayó en mis manos *El Heptamerón* de Margarita de Navarra, en la edición de Soledad Arredondo. En el prólogo de la obra se contaba sucintamente la biografía de Margarita, destacando el dato de que en 1525 realizó un viaje hasta Toledo para negociar con Carlos V la liberación de su hermano Francisco I, hecho prisionero por las tropas de Carlos en la batalla de Pavía en febrero de ese mismo año, y preso desde entonces en Madrid. Ese dato debió remover algo en mi interior, puesto que, al día siguiente, el 1 de enero de 1993, me levanté temprano y comencé a escribir el guion del viaje y la estancia de Margarita en Toledo en 1525. ¿Quién mejor que yo podía contarla?

»Avanzada la obra y los meses, convencida de que era un proyecto que podía interesar en Toledo, bien como posible película, bien como ruta turística, conseguí una entrevista con Antonio

«Ruta Gloria Fuertes», con Miguel Barrera, en 2017.

Lázaro en la Consejería de Cultura de Castilla-La Mancha. Debo decir que fue un enorme placer encontrar a una persona de la talla y valía literaria como Antonio Lázaro. En aquel entonces no hubo posibilidad de afrontar el proyecto, pero Antonio y yo nos hicimos amigos. De hecho, desde 1993 hasta 1998, Antonio estuvo al tanto de mis incursiones artísticas en la galería Cruce de Lavapiés o en el Ateneo de Ma-

drid. Luego nos tomábamos un moscatel en una tienda de ultramarinos ubicada en la calle del León, en Antón Martín.

»En 1998, cansada de Madrid, decido trasladarme a Toledo; tengo suerte y alquilo un piso en la calle del Plegadero 10, en una casa humilde con sabor a pueblo, con patio, con pozo, lavadero y una escalera encalada de caracol que parece que estás en Grecia. Desde aquel segundo piso disfruto de una vista magnífica de la catedral, el alcázar, el valle y los tejados y torres del enjambre toledano. Y comienzo a vivir en Toledo.

—*En el 2007 publicas tu obra de teatro* Visiones de Margarita de Navarra. *¿Qué pretendías abordar o defender con esta obra? ¿Qué relación guarda Margarita con Toledo?*

—En 2007 Antonio Lázaro es director de Publicaciones en la Consejería de Cultura de Castilla-Mancha y me ofrece publicar Margarita. Como he dicho antes, Margarita vino a Toledo como embajadora de Francia, en una situación política muy delicada, pero entre consejo y consejo, tuvo tiempo para descubrir Toledo y quedarse atónita ante la descomunal belleza de la ciudad, y también ante la desidia, ambición e intereses creados que pesan sobre ella. En la obra se hace una dolorosa crítica de Toledo puesta en boca de Garcilaso de la Vega, que justifica con ella su toma de partido por Carlos V. Esto, que en principio es ficción, pudiera ser cruda realidad; pero los toledanos no entendieron nunca la postura de Garcilaso a favor de Carlos y lo condenaron al olvido. Solo los estudios y el trabajo infatigable de Carmen Vaquero redimen a nuestro poeta.

La obra es una mezcla de poesía y política y está dedicada a los toledanos, para que luchen, para que sacudan la historia y se levanten a defender esta ciudad tan hermosa, pintada en las *Visiones*, que son descripciones de Toledo escritas en un moderno lenguaje del Siglo de Oro. Un coletazo preciosista.

»Hoy, cuando por ignorancia se hace alarde del lenguaje vulgar e incluso, en defensa del falso autodidactismo, resulta un desdoro el haber estudiado Letras, es preciso reivindicar un vocabulario rico, sonoro y colorista, otra manera no tan lineal de expresarse, olvidarnos del significado directo y atender a otros factores y sugerencias, como la fonética. Debemos tirar por esta pista si no queremos morir de inanición fantasmagórica.

—*¿Qué te hizo acercarte a la obra de Góngora y escribir* Góngora Ya(z)*? ¿Qué pretendías con el espectáculo* El Bingo del Gongorito*? Podrías decirnos cómo se juega a ese bingo.*

—No sé lo que me hizo acercarme a Góngora y al Quijote, como no fuera la edad fatídica de los 40 años, de la madurez, que te acerca a las obras clásicas. En el año 2000 decido leerme a Góngora, y me paseo por Toledo con una estupenda edición

ÁNGELES CARMONA

DON QUIXOTE EXPRÉS

EXTRACTO Y GUÍA DE DON QUIJOTE DE LA MANCHA

de bolsillo de las *Soledades*, sin resultado: no hay por dónde coger aquel texto. Hasta que una mañana temprano llego a Zocodover, y mirando la luz que se cuela a través del Arco de la Sangre, me llegan los versos ...*entre espinas crepúsculos pisando...* y entonces comprendo de golpe. Siento, no pienso, y esa es la clave para entrar en la poesía de Góngora.

»El problema que tenemos en literatura son los tópicos creados y mantenidos durante siglos, que pesan como una losa sobre la iniciativa y la creatividad. En el caso de Góngora, su tópico es

que es muy oscuro, ilegible, incomprensible; mejor vamos con Quevedo, que a fin de cuentas es más llano y lo entendemos todos, y, además, tiene esa vena risueño-escatológica que tanto nos gusta a los españoles, en general.

»Ese 2000 empezó mi aventura gongorina, que culminó en 2009, gracias nuevamente a Antonio Lázaro, con la publicación de *Góngora Ya(z)*, un estudio sobre Góngora y qué podemos hacer con su poesía, prologado por el dramaturgo Fernando Arrabal, a quien saludo desde aquí. Además del libro, surgió un espectáculo teatral, *El Bingo del Gongorito*, que llegó al festival de Teatro Clásico de Almagro en 2011, gracias a la apuesta de Natalia Menéndez, entonces directora del festival.

»El espectáculo consiste en un bingo que se juega en pareja con el público mediante unos cartones con dibujos y unas pegatinas con versos. El *Gongorito* (Góngora en modesto) va dando las pistas precisas de cada verso y la gente tiene que encontrar la imagen correspondiente donde colocar la pegatina. Hay pistas recitadas, cantadas o bailadas. Al final, el *Gongorito* nos dice la solución, que es el argumento de la *Soledad I* reducido a 44 versos. Las parejas que tengan el bingo correcto se llevan un premio (un libro, una botella de vino, un queso...). Lo que consigo con *El Bingo del Gongorito* es hacer llegar la poesía de Gongora al gran público. Seguramente nadie leerá a Góngora, pero después de haber jugado al espectáculo, siempre se acordarán del *Gongorito*. Lo que está claro es que poseo un don especial para transformar a los clásicos en algo moderno, y me reconozco totalmente en la siguiente sentencia del I Ching, el gran libro de sabiduría china: «*He aquí la recta manera de estudiar, la que no se limita al saber histórico, sino la que transforma el saber histórico en actualidad, mediante la aplicación de ese saber*».

Ángeles Carmona, Miguel Barrera y Marina Riaño

—*¿Qué ha supuesto para ti la corriente del surrealismo? ¿Se trata de una opción artística meramente estética?*

—El surrealismo ha sido una corriente poderosa de creación y ha explorado nuevos caminos. Introduce ese otro mundo que olvida la razón: las sensaciones, el ritmo, los estados, el sueño. Los poetas españoles de la Generación del 27 (llamada así en homenaje a Góngora, muerto en 1627) se fijaron en su poesía, pero yo no creo que la poesía de Góngora sea surrealista en su forma de hacer, aunque sí en sus efectos. Es, para mí, un grandísimo poeta, tan moderno, que parece indescifrable.

—*Fernando Arrabal te escribió el prólogo a tu libro* Góngora Ya(z). *¿Cuál es tu relación con él? ¿Qué destacarías de la obra de Arrabal?*

—Agradezco a Fernando Arrabal el espaldarazo que me dio cuando escribió el prólogo a *Góngora Ya(z)*. Yo a él no lo conocía, pero sí a su obra, especialmente *La torre herida por el rayo*. Con su prólogo, me sentí hermanada en la creación, que es nuestro trabajo.

—*En 2022 publicaste* Don Quijote Exprés. *¿Qué representa pa-*

ra ti el Quijote? *¿Cuáles crees que son los valores que refleja? ¿Cuál es la metodología que seguiste para escribir esta obra?*

—Siendo mi oficio el de caballero aventurero, que en dos palabras se ve apaleado o emperador, en 2016 llegué a las calles de Toledo como *street artist* con *El autómata parlante Don Quijote*. El autómata recita capítulo por capítulo las aventuras de Don Quijote. Para poder recitar el *Quijote* en la calle he tenido que seguir un criterio teatral (o sea de acción) y hacer un extracto de la obra original, en este caso de la primera parte de *Don Quijote de la Mancha*. El extracto ha sido publicado en 2023 con el título de *Don Quixote Exprés*, para que todos los que nunca se van a leer el *Quijote* tengan una idea general y exacta del argumento principal, que son las aventuras de Don Quijote y Sancho. Es imposible hacer otra versión más sintética y fiel al lenguaje de Cervantes.

»Te confieso que no me leí el *Quijote* hasta los 40 años, fue un personaje que nunca llamó mi atención, sus aventuras no eran reales. Creo que es una obra para adultos, lo mismo que el personaje, que se echa a buscar las aventuras con 50 años: en realidad, es un chicote. Defiendo, co-

mo algunos más, una interpretación puramente cómica de la obra contra las interpretaciones alegóricas. El *Quijote* es la risa del absurdo, sana y franca. Es una obra difícil de leer precisamente por los prejuicios literarios. Oímos Quijote y decimos ¡uf! En general, según leemos, en cuanto vemos una palabra cuyo significado desconocemos, nos paramos. Ese es el error: en el caso del *Quijote* hay que saltarse esa palabra y seguir la acción, ver adónde va el personaje y qué le sucede. Así logramos tener una visión general de la obra; luego, en una segunda lectura, podemos entretenernos en los adjetivos.

—*Eres artista en la calle. Intentas dar a conocer El Quijote con tus actuaciones. ¿Hay alguna simbología en la forma en la que vas vestida cuando actúas? Me gustaría que me dijeras cómo es este trabajo y que me contaras alguna anécdota.*

—Mi Don Quijote viste en blanco y negro porque esos son los colores con los que yo veo a España. Lleva también una huevera de cartón a modo de coraza. Eso hace que la gente, cuando me ve, vea un Quijote nuevo y no a un actor disfrazado de Quijote. Al principio salía con un embudo en la cabeza, porque la locura siempre se representó con ese objeto hasta que se desvirtuó la tradición con el triunfo sensiblero de *El Mago de Oz* y su hombre de hojalata. Pero, realmente, a partir del capítulo XXI, el sombrero de Don Quijote es la bacía de barbero, y es lo que llevo. Rocinante y la espada son juncos del río, con los que armo caballero a los paseantes. Anécdotas te puedo contar muchísimas: de gente que se asombra, que llora emocionada, que te da las gracias por recordándoles lo inmaterial de la existencia. ¡La calle es increíble! Los hay que llevan tatuado a Don Quijote en el brazo; los que te recitan tal o cual fragmento, o te cuentan su inmersión en la obra, para unos un tormento, para otros delicia como pocas... Gente de todo el mundo: Katsuyuki Ogiuchi, traductor del *Quijote* al japonés, una eminencia en la obra de Cervantes; Christine de la Villéon, directora de Puy du Fou en Toledo; The Romero Company, de Australia, dirigidos por Janet Mead. Me falta Fernando Arrabal, para reírnos juntos a mandíbula batiente.

—*Me gustaría que me hablaras de tus próximos proyectos.*

—Primero, poner en escena las *Visiones de Margarita de Navarra* en 2025, fecha en la que se cumplen los 500 años de la venida de esta princesa a Toledo. Segundo, hacer un videojuego del Siglo de Oro, tomando como base *El Bingo del Gongorito*, en 2027, fecha en la que se celebrará el I Centenario de la Generación del 27, reunidos para homenajear a Góngora (1561-1627). A ver si a través de esta entrevista se anima alguna empresa de videojuegos de Castilla-La Mancha a realizar el proyecto. Tercero, escribir para cine, hacer comedia, colaborar con otros artistas, vivir, amar, jugar, dejarlo al azar y a la suerte...

Militares en el callejero toledano

JOSÉ LUIS ISABEL

Habiendo sido tan estrecha la relación entre Toledo y el Ejército durante cerca de dos siglos, son escasos los nombres de militares que han pasado a formar parte del callejero de la ciudad.

Actualmente sólo se conservan los siguientes:

-Avenida del General Villalba.
-Avenida del Coronel Baeza.
-Avenida de Más del Rivero.
-Calle de Gerardo Lobo.
-Calle del Marqués de Mendigorría.

El general José Villalba Riquelme (1856-1944) comenzó su relación con Toledo siendo profesor de la Academia de Infantería en 1882 y 1883, y de la Academia General Militar entre 1883 y 1893; volvería a serlo de la de Infantería entre 1893 y 1899, para pasar en 1907 a ser jefe de estudios de la misma y director a partir de 1909; durante escaso tiempo, en 1899, desempeñó el cargo de jefe de estudios del Colegio de Huérfanos de María Cristina.

Durante esta larga etapa sería el promotor del nacimiento del Museo de la Infantería, durante algunos años único museo activo de la ciudad; modernizador de la Academia de Infantería, en la que introdujo en 1910 la electricidad; impulsor del Campamento de Los Alijares, al que dotó de electricidad y agua corriente; introductor en Toledo de la

General Villalba Riquelme

Taller de instrumental quirúrgico en la Fábrica de Armas

totalidad de los deportes que entonces se practicaban: fútbol, baloncesto, balonmano, rugby, tenis, ciclismo, esgrima... Culminó su relación con Toledo consiguiendo que la Escuela de Gimnasia se crease en la ciudad. Motivos de agradecimiento creemos que los hay.

El coronel Federico Baeza Ledesma (1862) ejerció como director de la Fábrica Nacional de Armas desde julio de 1918 hasta su ascenso a general de brigada en 1922. Fue muy apreciado por los obreros, debido a la preocupación que mostró por su bienestar, iniciando en los terrenos de la Vega la construcción del Po-blado Obrero, creando la Cooperativa y la Mutualidad Benéfica, modernizando la enfermería, que además de médico y practicante disponía de tocólogo y profesora en partos, y ofreciendo servicios funerarios. Impulsó la fabricación de materiales, ampliando algunos de los talleres como el de cartuchería, y levantando los de reconocimiento de cartuchos, fundición y material quirúrgico, estando en vías de construcción el de espoletas para proyectiles de artillería de campaña y morteros. Durante su mandato, el número de trabajadores llegó a superar los 1.500.

Las obras del Poblado Obrero ya estaban en marcha en el mes de septiembre de 1920. En un principio fueron 24, levantadas en terrenos propios de la Fábrica, a ambos lados de la carretera de Ávila y hasta la Venta de la Esquina. No necesitándose la intervención de un arquitecto, las obras serían dirigidas por el capitán Jesús Varela, destinado en la Fábrica.

Durante su etapa como director destacó la producción de instrumentos quirúrgicos, que en 1921 serían premiados en la Exposición aneja al Congreso de Medicina celebrado en Madrid.

Se estrechó la relación del coronel con Toledo cuando su hijo Luis se casó en la Capilla de la Fábrica en 1921, y su hija Josefa lo hizo al año siguiente con un capitán profesor de la Academia. Luis fallecería de enfermedad en 1922 y sería enterrado en Toledo.

Años después, el coronel Juan Más del Rivero (1887) ampliaría el Poblado entre 1948 y 1950, comenzando por modernizar las casas ya construidas, para a continuación ampliar su número en terrenos cedidos adquiridos por la Fábrica a diversos propietarios, hasta darle el aspecto actual. En un primer momento se pensó en construir 350 para más tarde ampliar su número a 650, pero nunca se llegó a este número. Se dotó al Poblado de un grupo escolar para los hijos de los obreros e instalaciones deportivas y recreativas. Las obras serían dirigidas por técnicos de la Fábrica, que también suministraría algunos de los materiales empleados. A él se debe la construcción del campo de fútbol y de un economato para los trabajadores.

Eugenio Gerardo Lobo había nacido en Cuerva en 1679 y comenzó a escribir a temprana edad. Ingresó en el Ejército, en el Arma de Infantería, en la que

Eugenio Gerardo Lobo

llegó a alcanzar el empleo de teniente general. Fue partidario de Felipe V en la Guerra de Sucesión. Autor de numerosos poemas y obras dramáticas, de las que se hicieron múltiples ediciones, era conocido por el sobrenombre de *Capitán coplero*. Nombrado por Felipe V gobernador político militar de Cataluña, falleció en Barcelona en 1750.

La calle de Gerardo Lobo era el enlace natural de la carretera de Madrid con el Puente de Alcántara, hasta que en 1977 se abrió la carretera sobre la huerta de Safont. Un monolito recuerda todavía que en ese lugar se encontraba la vivienda del poeta, no la casa en que nació.

El Marqués de Mendigorría tenia por nombre Fernando Fernández de Córdova y Valcárcel (1809-1883). De padre militar, había nacido en Buenos Aires, de donde se trasladó siendo joven a la Península para servir en la Guardia Real de Infantería. Luchó en la Primera Guerra Carlista, que comenzó con el empleo de teniente y terminó con el de coronel. Llegó al empleo de teniente general y fue en varias ocasiones ministro de la Guerra y director general de Infantería. Desempeñando este último cargo en 1872, creó en Toledo el

Colegio de Huérfanos de la Infantería, que en un principio se alojó en el Hospital de Santa Cruz para después ser trasladado a la calle que hoy lleva el nombre de su fundador.

Fernando Fernández de Córdoba,
Marqués de Mendigorría

Siendo habitual que las ciudades den a sus calles los nombres de héroes en ellas nacidos, no es éste el caso de Toledo, en la que no se recuerda a ninguno, aunque haberlos los hay.

Nacido en Toledo tenemos a Joaquín Tourné y Pérez Seoa-ne, que ganó la Cruz Laureada en

Joaquín Turné Pérez y José Escribano Aguado

las campañas de Marruecos, y Luis Alba Navas, condecorado con la Laureada por la Guerra Civil. Al primero de ellos le dedicó el Ayuntamiento una lápida, que fue colocada en la casa en la que nació y que a raíz de unas obras fue quitada y no repuesta, por lo que posiblemente duerma el sueño de los justos en alguno de los almacenes municipales.

El caso de Luis Alba es más triste, pues si bien se le dedicó una calle, su nombre debía de molestar a los políticos de un determinado signo y fue eliminado, al igual que sucedió con el del capitán Santiago Cortés González, también Caballero Laureado, que aunque no había nacido en Toledo se había educado en la Academia de Infantería. Pues bien, condenados los capitanes Alba y Cortés, se podía haber cambiado uno de los dos nombres por el de «Teniente Tourné», o por el de cualquiera de los seis Laureados nacidos en la provincia:

-Aniceto Carvajal Sobrino, en Navalcán.

-Juan Senén de Contreras, en Lillo.

-Pedro Dávalos Santamaría, en Arcicóllar.

-Mariano García Martín, en La Torre de Esteban Hambrán.

-Benito Lorenzo Benítez, en Fuensalida.

-Ángel Melgar Mata, en El Romeral.

No proponemos, por su relación con la Guerra Civil, a los también Caballeros Laureados José Moscardó Ituarte, íntimamente ligado a la Ciudad Imperial, y Mercedes Durán Garlitos, asesinado por milicianos del Frente Popular en 1936 en Toledo, en castigo por su mala puntería al disparar sobre el Alcázar.

Cualquiera de estos nombres hubiese sido bueno para sustituir a los anteriores y hubiese dejado en buen lugar la honorabilidad de los autores del cambio, pero no, se eligieron los de personas que nada tenían que ver con Toledo, y que para mas inri despedían un tufillo político inconfundible.

En definitiva, no han tenido suerte los héroes de la Infantería en Toledo, circunstancia que empeoraría con lo sucedido al capitán José Escribano Aguado. Fallecido en 1921 en Marruecos, se consideró que había obrado heroicamente, y por ello le fue abierto juicio contradictorio para la concesión de la Cruz Laureada, que no le sería concedida. Toledo reconoció su mérito dán-

dole en 1924 el nombre de «Capitán Escribano» a una pequeña calle del Barrio de Santa Bárbara, que no se sabe por qué, ni cómo, ni cuando, desapareció del callejero. Todavía sin formar el barrio, la descripción de la calle resultó en 1924 un poco ambigua: *calle que resulta formada por las casas del Sr. Marín y sus linderos.* Así y todo, el 16 de noviembre de ese año se colocaron los rótulos, con asistencia de las autoridades civiles, eclesiásticas y militares, y del acto se dio conocimiento al padre y a la viuda del héroe. Parece ser que hasta 1995 se mantuvo el nombre, pero hoy aparece dividida en dos tramos, con los nombres de «Calle Escribano» y «Travesía del Escribano». ¿Costaría mucho recuperar el verdadero nombre? Sería un merecido tributo a la historia.

Además de este caso, hay otro con menos sentido todavía. Terminada la guerra, llegó a Toledo el coronel Eduardo Lagarde Aramburu, nacido en esta ciudad, pues su padre había sido profesor de la Academia General Militar y regentado una academia de preparación. No había tenido intervención alguna en la Guerra Civil, ya que había sido encerrado en prisión por el Frente Popular al comienzo del conflicto. Fue

Eduardo Lagarde Aramburu

nombrado en 1940 conservador del Alcázar y en ese mismo año ingresó en la Real Academia de Bellas Artes y Ciencias Históricas de Toledo. A partir de 1945 fue nombrado director del Servicio de Regiones Devastadas, a cuyo frente desarrolló una encomiable labor de restauración de emblemáticos edificios dañados durante la guerra: Alcázar, Hospital Tavera, San Juan de los Reyes, Santa Clara, la Concepción Francisca, Santa Cruz, San Lucas, San Miguel, Santa Isabel, plaza de Zocodover, castillo de San Servando y otros.

A él se debe la primera iluminación de una ruta turística realizada en Toledo, que fue inaugurada el 23 de junio de 1943 y se extendió a la iglesia de San Marcos, las portadas de los conventos de San Clemente, Santo Domingo el Real y Santo Domingo el Antiguo, el ábside y portada del convento de Santa Isabel, los cobertizos de Santa Clara y Santo Domingo el Real, la plaza del convento de las Capuchinas, el ábside del convento de la Reina y la puerta de los Leones de la Catedral.

De este ilustre personaje decía el historiador Julio Porres que a él «*se debe la restauración de los edificios monumentales de la ciudad deteriorados por la guerra o por el simple abandono y carencias de medios para ello. El Alcázar, San Juan de los Reyes, la Concepción Francisca, San Lucas, San Miguel, Santa Isabel y tantos otros dentro y fuera de la ciudad se salvaron de la ruina gracias a su iniciativa* e intensa labor. Él fue también el creador del alumbrado de la ruta turística de la Sociedad Estilo (recientemente extinguida), miembro del Patronato Conservador de Toledo, etc».

Fue un notable arquitecto, dibujante, pintor, cartelista y humorista gráfico, dejando parte de su obra en las provincias Vascongadas, que lo consideran un artista de su propiedad.

En mayo de 1950, viajando en automóvil desde Madrid a Toledo, sufrió un accidente que le provocó una parálisis, siendo llevado a San Sebastián, donde falleció cinco meses después.

Fue tal el aprecio que Toledo sentía por el coronel Lagarde que tan solo un día después de su muerte se reunía la Comisión Permanente del Ayuntamiento con el fin de ver la forma de honrar su memoria. En el acta de la sesión plenaria celebrada el 25 de octubre de 1950 se adoptó la siguiente decisión:

«Se da lectura al acuerdo de la Comisión Permanente adoptado el once del actual, por el que se propone que teniendo en cuenta la gran labor que realizó en nuestra ciudad el fallecido Coronel D. Eduardo Lagarde, Delegado Local de Regiones Devastadas, sea dedicada con su nombre una de las calles transversales de la Av. de la Reconquista. El Excmo. Ayuntamiento Pleno acuerda por unanimidad prestar aprobación a esta propuesta, y que se dé el nombre de Eduardo Lagarde *a la 2ª calle transversal de la Avenida de la Reconquista, entre el 2° y 3° bloque de casas»*. Teniendo en cuenta que el primer bloque se levantó en 1955, la travesía entre el 2° y el 3° corresponde a la calle Ocaña

Inexplicablemente, este acuerdo no se cumplió entonces y sigue sin cumplirse actualmente. La Real Academia de Bellas Artes se dirigió al anterior Ayuntamiento en 2014 y 2018 pidiendo que ya que no se consideraría conveniente cambiar el nombre de la calle, que se colocase una placa en recuerdo del coronel Lagarde. Ninguno de los dos escritos tuvo respuesta. A lo mejor en la próxima ocasión hay más suerte.

Para terminar, solo queda hacer mención a una última calle, por su relación con el Ejército. Es la que discurre entre la del Marqués de Mendigorría y la Costanilla de San Lázaro. Lleva el nombre de «Colegio de Huérfanos Cristinos» en recuerdo que en ella se abría la puerta principal de entrada a dicho Colegio.

Un cuento toledano de Jean Richepin, «*El orbefre*»

MARIANO MARTÍN RODRÍGUEZ (Traductor)*

*Si los besos de los hombres
fueran como el perejil,
la cara de las doncellas,
(¡soleá del ay, ay, ay!)
la cara de las doncellas
parecería un jardín.*

Entre tantos maravillosos orfebres que han hecho la gloria de Toledo, el más maravilloso, el más glorificador, el maestro de los maestros, habría sido con seguridad Ruy Cristóbal Girón si el diablo en persona no se hubiera tomado el trabajo de venir a Toledo expresamente para impedírselo.

Piensen que Ruy Cristóbal Girón, que apenas había cumplido veinticinco años, ya era el autor de la famosa diadema que cubre la cabeza de la Virgen Negra de los Cinco Pilares y sepan que, si no han visto nunca esa famosa diadema, les falta a sus ojos haber contemplado la cosa más hermosa del mundo.

Y, si no me creen bajo palabra, díganse que todos los maestros orfebres de aquel tiempo, no solo los de Toledo, sino también los de España entera y hasta los príncipes del arte, llegados de Florencia en Italia, se habían arrodillado de admiración antes esa obra maestra.

Esa obra maestra era, por lo demás, y lo sigue siendo, algo muy simple en su magnificencia;

---

* La traducción de los cuentos se basa fielmente en el texto de su primera edición: Jean Richepin; «L'orfèvre», «Le miracle», *Contes espagnols*, Paris, Eugène Fasquelle, 1901, pp. 109-116 y 141-150. Los epígrafes en cursiva de cada cuento están en castellano en el original.

compuesta de todas las gemas multicolores y como empolvada de perlas y diamantes, no era tanto una diadema como un sombrero de flores frescas, bajo una lluvia de rocío en gotitas claras.

Y la cara negra de la Virgen de los Cinco Pilares, esa cara de noche misteriosa, en la iluminación de esa primavera que la encapucha de aurora, de sol poniente y de arcoíris convertidos a la vez en flores, estrellas y lágrimas, esa cara tiene una dulzura que te atrapa el corazón como una mano.

Y así no son tan solo los maestros orfebres, los entendidos y los príncipes del arte quienes se arrodillan ante la obra maestra, sino también, sin saber si es o no una obra maestra, y más como adoradores que como admiradores, todos los seres humanos que, en su presencia, se prosternan y rezan devotamente.

Y esa es la razón por la que el Diablo en persona se tomó el trabajo de venir expresamente a Toledo, resuelto a impedirle a Ruy Cristóbal Girón continuar su oficio de orfebre, ya que Ruy Cristóbal Girón amenazaba con quitarle al Diablo más almas de lo que habría hecho el mejor predicador.

Hacía falta ser el Maligno para esperar salir con bien de aquella empresa, pues Ruy Cristóbal Girón no parecía ser hombre que pudiera ser desviado en cosa alguna ni de su amor por su arte ni de sus deberes, al ser el hombre más virtuoso de Toledo.

Se había casado con veinte años, había perdido a su joven esposa un año después, quedando viudo con dos niños gemelos, y vivía en su trabajador taller con ellos y su abuela, tras haberse quedado él mismo huérfano desde muy pronto, y todo ello lo volvía especialmente serio.

Le había dolido profundamente su infancia huérfana, y más profundamente aún su viudedad, pero lo habían consolado la ternura de su vieja abuela, la alegría de ver crecer a sus gemelos, que eran vivos retratos de la difunta, y también, y quizás sobre todo, su amor absorbente por su arte.

Ya se ve que un hombre tal, buen nieto, excelente padre, ferviente artista y, además, cristiano ejemplar, apenas ofrecía presa a las tentaciones del Diablo, pero no hay que olvidar que el Diablo es el Diablo y que, si se considera apropiado llamarlo el Maligno, es porque no es tonto.

—Su señoría es, en verdad, el orfebre más maravilloso de Toledo y tenéis todos mis parabienes, pero permitidme deciros

que, en la famosa diadema, gloria vuestra y donde creéis haber puesto todas las gemas, faltan sus dos especies más raras.

Así habla, en el taller del orfebre, un viejo caballero de barba blanca, que pretende haber llegado de las Indias Orientales con el único fin de admirar la obra maestra, y que deja estupefacto a Ruy Cristóbal Girón con esa crítica inesperada, porque el artista estaba seguro de haber empleado absolutamente toda clase de gemas.

Al mismo tiempo, el viejo caballero extrae de un bolsillo de cuero dos gruesas piedras preciosas y un collar de otras piedras más pequeñas, y el orfebre comprueba que es verdad que no conoce esas dos especies de gemas, ante las cuales cae como en éxtasis, hasta tal punto le parecen hermosas, milagrosamente hermosas.

Las dos gruesas piedras preciosas se asemejan un poco a los zafiros, pero su azul es más claro. Las piedrecitas del collar se asemejan un poco a las perlas, pero su nácar es más brillante. Tanto unas como otras parecen, además, tener vida, sí, estar vivas.

—Con toda seguridad —prosigue el viejo caballero—, la Virgen Negra de los Cinco Pilares es incomparable bajo vuestra diadema en forma de sombrero de flores, pero reconoced que sería incomparablemente más incomparable si llevara al cuello este collar y en las orejas estos pendientes. ¡Reconocedlo sinceramente, reconocedlo, hombre!

Y el hombre lo reconoce, bajando la cabeza, avergonzado de haber ignorado esas dos especies de gemas y codiciándolas furiosamente, y pide con voz temblorosa al viejo caballero que se las venda para adornar a la Virgen Negra, que se las venda a cualquier precio.

—No os las venderé —responde el viejo caballero—; os las daré. ¡Mirad! Las arrojo a vuestro fuego. Encontradlas ahí. Ya no son mías. Son vuestras. Sopladme tan solo en la boca, para que beba vuestra alma.

Enloquecido, perdida la cabeza, Ruy Cristóbal Girón sopla en la boca del viejo caballero, el cual se evapora de golpe en humo pestilente, y el orfebre cae bruscamente dormido en un sueño en el que se ve a sí mismo poniendo en el cuello y las orejas de la Virgen Negra las gemas desconocidas.

Hace un mes que Ruy Cristóbal Girón no sale de su taller, y tampoco se ha visto salir de él ni a la abuela ni a los dos gemelos, y por la ciudad corre el rumor de que el maestro orfebre está terminando un collar y pendientes para la Virgen Negra.

Pálido como un muerto, Ruy Cristóbal Girón va a la catedral para poner en el cuello y las orejas de la Virgen Negra los nuevos adornos, y la ciudad entera lo sigue, y doblan las campanas, y cantan los órganos cuando se acerca a la Virgen Negra y...

Pero las dos piedras preciosas de los pendientes se ponen a llorar y el collar salta al cuello del orfebre, y Ruy Cristóbal Girón muere condenado, pese a las lágrimas que vierten los ojos de su abuela al verlo así degollado por los dientes de sus dos gemelos.

Del nombre Tulaytula

FEDERICO DILLA MAÑAS
Mª CONSUELO SÁNCHEZ-CASTRO

Por qué es importante Toledo para los musulmanes? ¿Qué significa Talaytola? ¿Cuál es el significado de Tulaytula, Tolaitola, Tatalah?

Cuando el ejército musulmán entró en la península el año 711, se dirigió a Toledo, la capital del reino visigodo, la única ciudad española citada en *Las mil y una noches*. Algunas obras de la historiografía arcaica nos describen el abundante botín conseguido por los vencedores aquí, en particular la mesa de Salomón, arrebatada por Tito a los judíos del templo Jerusalén y más tarde por Alarico de Roma, y supuestamente traída a nuestra ciudad por los godos. Nacía Tulaytula, el Toledo musulmán, a la que podemos otorgar una enorme similitud con el Damasco antiguo. Ambas eran Omeyas y capitales de sus respectivos reinos.

Un dato especialmente llamativo es la coincidencia fonética del nombre *Tulaytila* (Toledo), identificado claramente con el «*camino de la peregrinación a la Meca*», y de *Taltaluh*, que significaba «*lo alto, la atalaya, la alegre, el crepúsculo, bendiciendo, descendientes o generaciones*», con el término judío *Toledoh*. Por otro lado, también coincide con la raíz *niña*, como veremos más abajo. El escritor del siglo XII Abú Ab-Dín al-Ayubí afirma que Tulaytulah significa «*la alegre*», sin dar más explicación.

La primera fuente escrita en donde aparece el término *Toletum* es la magna obra del historiador romano Tito Livio, según la cual *Toletum* se originaría a partir de *Tollitum*, que derivaría a *Tollitu, Tollito, Tolleto, Tolledo* y finalmente *Toledo*. Su significado sería «*levantado*» o «*en alto*».

Llegados a este punto, nos preguntamos: ¿Por qué el nombre árabe de Toledo es Tulaytula, si normalmente los árabes no cambiaron el nombre de las ciudades conquistadas?

En la *Primera Crónica General*, Alfonso X describe en los siguientes términos los orígenes míticos de Toledo, en los que aparece Hércules, el héroe civilizador de las culturas mediterráneas: «*Y él fue a aquel lugar donde después fue la ciudad de Toledo, que era entonces una gran montaña, pero hoy tiene dos torres (...) Y éstas las hicieron dos hermanos, hijos de un rey de nombre Rocas, y era de tierra de oriente, de la parte que llaman Edén, allí donde dicen las historias que es el paraíso donde fue hecho Adán...*». Esta leyenda se complementa con otra muy difundida en la Edad Media que dice que cuando Dios hizo el sol lo puso sobre Toledo e hizo de Adán su primer rey.

Quien suponga que todo esto es fruto de la fantasía, no advierte que en realidad se trata de una asimilación simbólica entre el origen del linaje humano y la fundación de Toledo. Repárese en el nombre latino de *Tulatu*, que según antiguos manuscritos significa «*la alegría de sus habitantes*», y después revise que el significado de la palabra «*paraíso*» es precisamente «*alegría*», la cual ha de entenderse no como un estado de ánimo sino como un estado interior del espíritu, coincidente cabalísticamente con una de las puntas de la estrella de David.

Pero esto no es todo, pues *Tulatu* (de donde deriva la *Tulaytula* árabe) también quiere decir «*generaciones*» e «*historia*», y tiene la misma raíz que *Tula*, el nombre dado a la sede de la *Tradición Primordial* antes de que pasara a denominarse *Paraíso o Edén*. En este sentido, *Tula* es llamada también «*La Tierra del Sol*», o lo que es lo mismo, una «*tierra o mundo permanentemente iluminada por la luz*». ¿A qué luz se refiere? Naturalmente a la inteligencia y el conocimiento.

Por otro lado, la raíz etimológica *Tula* o *Tulatu* la encontramos también en *Aztlán* (o Atlántida), «*la tierra en medio de las aguas*», de donde decían proceder los antiguos toltecas mexicanos, cuya capital, precisamente, se llamaba *Tula*.

En definitiva, lo que todo esto expresa en realidad es que tanto el Toledo antiguo, como la Aztlán de los toltecas y otros lugares con idéntica raíz que no mencionamos por falta de espacio, fueron en su momento reflejos en el mundo terrestre de la «*Ciudad Celeste*», es decir, centros espirituales emanados más o menos directamente de la Tula o Paraíso original. Hemos querido

destacar estas correspondencias para mostrar cómo todas esas leyendas reposan sobre una verdad simbólica que la etimología, la geografía y la historia sagrada no hacen sino ratificar.

La forma árabe más habitual de referirse a Toledo es Tulaytula, aunque hay otras menos comunes que pueden ser derivaciones. Pero, ¿por qué es esa la forma más habitual? Es comúnmente aceptado que la raíz «*tl*» (montículo) es la preformante del nombre de la ciudad en árabe y hebreo (*horym homdwt ol-tlm*, «*las ciudades sólidamente asentadas*»), sin embargo, creemos

que interviene otra raíz en este caso: *twldwt*, constructo «*t(w)l-d(w)t*», cuyos significados suelen ser: «*descendientes o generaciones*» (Gn 10,1.32; 11,10.27; Nm 1; Rut 4,18; Ecle 41,5); o «*genealogía, árbol genealógico*» (Ex 6,16; 1 Cr 1,29; 5,7; 7,2.4; 8,28 9,9; «*spr twldt adm*», lista de descendientes o libro de la genealogía de Adán (Gn 5,1.); e «*historia*» (Gn 2,4 37,2 Nm 3,1.). Como vemos, la raíz «*twldh*» se refiere en rabínico al nacimiento, la procreación o el origen.

Es realmente extraordinario que todos estos profundos significados puedan tener relación con

Toleitola, pero, por si fuera poco, creemos que también puede estar relacionado con el significado de «*niña*» y, en particular, con la historia de Aisha, la esposa favorita de Mahoma.

Los árabes preislámicos tenían un carácter politeísta y practicaban costumbres bárbaras que trató de erradicar el profeta. Una de ellas consistía en enterrar vivas a las niñas recién nacidas para bendecir la construcción de una nueva casa. Estaban en la creencia de que con este infanticidio aplacarían la cólera de los dioses.

Pero ¿quién era Aisha? Como decimos, la mujer preferida de las doce de Mahoma, pero también una pionera del Islam, pues a la muerte del profeta se involucró en la continuación de su mensaje, por lo que fue un pilar fundamental en la expansión del islamismo. Era conocida como la niña porque con tan sólo seis años contrajo matrimonio con Mahoma (entonces de 54).

La mayor parte de la historia de Aisha se encuentra descrita en el libro de Kamran Pasha (*La mujer del Profeta*), que narra sus peripecias en un cautivador relato. Aquí se cuenta cómo participó en la batalla del Camello lanzando arengas a las tropas y desplazándose por la retaguardia. «*Madre de los Creyentes*», así se la conoce en varios escritos coránicos.

Cuando Mahoma enfermó y sospechaba su muerte, pidió a sus esposas que lo dejaran permanecer junto a ella, y de esta historia convertida en tradición podemos entender que Toledo fuera considerada como una «*bendición*», equivalente a la esposa «*niña*» que violentó el rey godo Don Rodrigo.

También queremos afianzar cuanto decimos haciendo referencia a un dato que aparece en el *Compendio de historia y cró-*

nicas de España de Esteban de Garibay y Zamalloa (1628), al contar la historia del rey Hatan, que dice que todos los musulmanes afincados en Toledo bendecían cada amanecer de sábado: «*Este Rey Hali Hatan, a quien otros llaman Alhacan, fue (...) ambicioso (y) no tardó (...) en facer las nouedades de Toledo*». Pues bien, en estas crónicas se menciona a Toledo como *Tatalah*, un término coincidente con el hindú *Tahlaamtahlaamhaa*, que significa «crepúsculo».

Por último, hemos encontrado cuatro significados profundos más de Talaytola. El primero hace referencia a «*mover las manos al caminar*», que coincide con significados mesiánicos (judíos y cristianos) sobre las bendiciones del peregrinaje («caminar moviendo las manos»). Otro significado profundo es cuando hace referencia a «*rocío o gota de rocío*», como recuerdo del «agua que da la vida eterna» o «*las bendiciones del agua*».

El tercer significado profundo es «*miradas*», puesto que la mirada está íntimamente relacionada con nuestro estado de ánimo. En nuestro contacto con el público participamos de un desafío en el que se enfrentan dos miradas, y la nuestra casi siempre vive atrapada por el miedo y la sensación de ridículo constante. En esta ocasión, Talaytola es el lugar donde nuestra mirada se enfrenta a la de Dios.

El cuarto significado profundo es «*prolongación*», cuando hace referencia al poema «*Que Dios prolongue su vida: súplica para que Dios prolongue su vida*», que dice: «*Prolongado de pie, sentado o mirando/ estuvo mucho tiempo de pie, sentado o mirando, pensando y escudriñando/ prolongado su vida: lo hizo esperar mucho,/ prolongó su lengua:/ verbalmente abusado,/ calumniado e insultado*».

Con estos cuatro significados tendríamos que Toledo vendría a ser «*el lugar donde el peregrino encuentra la Bendición de Dios y le da la vida eterna*».

En fin, Toledo, cuestión nada baladí, desde su nombre.

Un periodista fue el promotor del servicio municipal de bomberos

A comienzos del siglo XX comenzó a reorganizarse el servicio municipal de bomberos de la ciudad de Toledo, labor en la que tuvo destacada participación el periodista Constantino Garcés y Vera, director del popular semanario *La Campana Gorda*, y que fue también el primer presidente de la Asociación de la Prensa toledana y promotor de numerosas iniciativas en la vida local de su época.

Por entonces, los incendios se anunciaban al vecindario por los toques de rebato de todas las campanas de Toledo, a los que seguían unas campanadas más lentas, indicativas de la parroquia donde se había declarado el fuego. Prácticamente todos los vecinos disponían de información sobre estas señales, de tal modo que sabían dónde habían de acudir para ayudar en la extinción, la cual se llevaba a cabo, normalmente, a base de cubos de agua desde pozos o algibes cercanos al lugar del incencio, pues la presión de las pocas tuberías entonces existentes no siempre permitía acometer el fuego con mangueras, salvo que se les conectara a bombas de las que rara vez se disponía. Los toques de las campanas servían también para avisar a los bomberos nombrados por el ayuntamiento, para salir de sus domicilios con los escasos pertrechos de que entonces disponían (casco, uniforme, cuerdas y picos), los cuales cada uno guardaba de manera personal, pues los retenes permanentes fueron algo muy posterior.

El complejo hidáulico de Villaminaya

INÉS SÁNCHEZ GARCÍA

Desde el principio de los tiempos, el ser humano ha tenido una estrecha relación con el agua, tanto por su necesidad de abastecerse de ella para vivir, como por su uso para otros menesteres: pesca, navegación, regadío... Todo esto hizo que poco a poco el hombre empezase a desarrollar ideas pensadas para favorecer su aprovechamiento y le ayudase a convivir con ella.

Con el brillante precedente de las culturas del Próximo Oriente —Egipto y Mesopotamia—, pioneras en la capacidad de sacar provecho al líquido elemento, los romanos fueron una de las culturas más avanzadas en comenzar estos aprendizajes a través de su ingeniería, amplia y mundialmente atestiguada. Ese conocimiento se desarrolló a lo largo de todo el Imperio, cronológica y geográficamente hablando, y por tanto llegó también a la Península Ibérica, donde hallamos gran cantidad de construc

ciones de ese periodo que se siguen manteniendo en pie hoy en día.

En la mente de todos están presentes los acueductos —recordemos los maravillosos ejemplares de Segovia y Tarragona—, las termas para disfrute de patricios y, en menor medida, plebeyos; los diques y canales destinados al regadío y todo un complejo sistema de canalización para abastecer a las numerosas *villae* diseminadas por el suelo hispano. Si fijamos nuestra atención en el *Toletum* romano, podemos rememorar el acueducto, cuyos restos contemplan amargamente la suciedad del Tajo; las termas de la plaza de Amador de los Ríos, las alcantarillas en las proximidades de la Puerta del Sol... Y si salimos de las murallas hacia otros puntos más o menos distantes, cómo no traer a la memoria la *villae* de Mateo Cinegio en Carranque; la ciudad de *Consaburum*, su acueducto de Puentesecas prolongado hasta el tér-

mino de Urda-Yébenes y su presa. Aunque sin duda, si nos referimos a capacidad de almacenamiento y conservación ninguna supera a la de La Alcantarilla en la demarcación de Mazarambroz. Inevitable mencionar los imprescindibles puentes, excepcionales por su belleza —puente de Alcántara, en los límites con Portugal— y otros anónimos, poco conocidos en su mayoría.

Uno de esos complejos hídricos lo encontramos en el término municipal de Villaminaya, a las afueras de la población. Se trata de una presa datada en el siglo I-II y un puente cuya datación no se sabe con certeza, si bien se sospecha que corresponde al mismo periodo. El hecho de haber hallado restos de una *villae* así como de enterramientos en los alrededores de ambas construcciones, lleva a pensar en su pertenencia a idéntico momento histórico.

En el caso de la presa, se sitúa en la frontera entre el citado pueblo con Almonacid de Toledo y, aunque se muestra bastante deteriorada, sí que se pueden distinguir sus materiales y estilo constructivo. Aguas abajo, se observa el uso de *opus caementicium*, consistente en una mezcla de guijarros triturados mezclados con montero de cal y en la parte de llegada de la corriente; aguas arriba, *opus incertum*, elaborado con un mampuesto de piedras irregulares unidas también con el mismo mortero. Es común encontrar ambos *opus* combinados, especialmente en fechas tempranas. Nos hallamos, pues, ante una obra sencilla, pero de calidad, ya que se utilizan diferentes estilos con el fin de aportar mayor estabilidad al muro, asegurando así su resistencia y durabilidad.

En cuanto a sus proporciones, cuenta con 33 metros de largo, 1,85 metros de ancho y 2,15 metros de altura. Estas son las medidas existentes actualmente; no obstante, se cree que pudo llegar a tener una longitud de unos 44 metros. Dimensiones modestas, pero suficientes para cumplir con su función en el área. Respecto al desagüe de la presa, en este momento muy deteriorado, iba en dirección norte.

La construcción de la presa se realizó para poder aprovechar el agua embalsada, tanto para el abastecimiento en las labores cotidianas y para el regadío, como para ser un buen sustento en los periodos de sequía, tan habituales en esta zona de la meseta.

El almacenaje de agua llegó a tener capacidad para albergar hasta 5.600 metros cúbicos, su-

ficiente para aportar recursos hídricos de manera directa a la explotación agrícola situada en las proximidades, y, por otro lado, dar comodidad y calidad de vida a las poblaciones cercanas, beneficiarias igualmente del uso funcional de dicha estructura. El agua recogida aquí provenía prioritariamente del manantial próximo, de nombre Fuente Recén, además de las lluvias en los periodos de primavera y otoño, principalmente.

Si seguimos avanzando, a algo menos de seis kilómetros en dirección suroeste, encontramos la otra cimentación, el puente romano, en mucho mejor estado de conservación debido a los trabajos de restauración del mismo llevados a cabo en 2003. Mientras la presa hacía frontera con Almonacid de Toledo, hacia el norte, este viaducto cruza los límites con la villa de Orgaz, formando parte también del término administrativo de dicho pueblo.

Se observan en él, claramente, restos de la calzada romana en la parte central, cuya preservación es muy adecuada. El adoquinado, junto con los restos de poblamiento en las inmediaciones, apoya la teoría de su cronología. Por otro lado, este paso se encontraba en el camino romano de Córdoba a Toledo, detalladamente descrito en el conocido *Itinerario de Antonino* del siglo III, lo que le conferiría un uso habitual para los viandantes y viajeros.

Respecto al estilo constructivo, podemos observar la presencia de un único ojo de medio punto bajo el que discurre el río Guadacelete o Guacelete. Sus dimensiones serían de 71 metros de largo, 3,50 metros de ancho y 3,90 de alto; con una anchura en su arco de 5,40 metros. Está formado por dos muros paralelos de mampostería rellenos de hormigón y sillares en la parte baja. A ambos lados del arco encontramos dos tajamares con la función de ayudar a repartir la presión del agua y su corriente.

Muy próximo al puente se puede observar, aunque un tanto escondido, un manantial que emerge de una grieta en la roca, conocido con el nombre de Peña Manaera. De ella emana agua durante todo el año, incluso en los meses de sequía, como puede observarse en la fotografía que aparece en esta misma página, tomada el pasado mes de agosto.

Este conjunto —presa, puente y manantial—, unido a la posibi-lidad de encontrar otros tesoros ocultos, como estelas funerarias, lagunas..., en los alrededores, hacen de este paraje un lugar perfecto para caminar, descubrir cómo historia y naturaleza se funden en una y poder deleitarse con el inmenso patrimonio artístico, monumental y paisajístico que albergan las tierras toledanas.

En relación con la presa, merece subrayarse la puesta en marcha, desde el año 2021, de sucesivas campañas de excavación en los meses de verano. Los trabajos están ayudando a obtener más información sobre ella y acerca de las zonas limítrofes. Gracias a los hallazgos encontrados, este vestigio está en proceso de ser declarado Bien de Inte-

rés Cultural (BIC), cuyo expediente se inició el pasado mes de julio de 2023. Si se produce dicha catalogación, esperamos que sirva de estímulo para incentivar la asignación de fondos o ayudas destinadas a seguir realizando investigaciones y ampliar el periodo de trabajos en la zona, con el fin de arrojar más luz sobre no solo la presa, sino los restos habitacionales encontrados en las inmediaciones, y quizá, por qué no, extender esas labores arqueológicas al área del puente y sus inmediaciones.

Algunos datos poco conocidos o inéditos sobre plazas toledanas

ANTONIO LÓPEZ BALLESTEROS

Siempre que se abre un libro, se desprenden de sus hojas nuevos posibles escritos y noticias etéreas que quedaron en el tintero del que escribió.

El conglomerado urbano de Toledo está compuesto por un amasijo de inmuebles sin orden al que habría que proporcionárselo. Sus casas, calles, paseos y plazas tienen una disposición que podríamos calificar de apiñada, angosta y reducida, pero así era el urbanismo medieval. Pues bien, como en otros tantos lugares, a partir del siglo XVI se pretendió actualizar la forma de vida al gusto del momento. De este modo, calles y plazas se ampliaron, y en algunos lugares se abrieron paseos o se ajardinaron zonas que anteriormente eran muladares. Hay numerosos ejemplos de esto. Entre los paseos, tenemos el de Merchán, el Tránsito, San Cristóbal o Recaredo; entre las ca

lles, Ancha, Oliva, San Cebrián; y entre las plazas, la del Ayuntamiento, Conde, Postes, Padre Juan de Mariana o Zocodover. Este proceso se fue llevando poco a poco y generó una ciudad un poco más oxigenada, en la que las calles estrechas, edificadas por necesidad, dieron paso a una nueva disposición en la que se buscaba ampliar los espacios. Los documentos que se conservan en los archivos y los restos arqueológicos que aparecen recurrentemente avalan cuanto decimos. La reina doña Juana, mal llamada «la Loca», por ejemplo, mandó en su «locura» que se ventilasen las calles y prohibió que se levantasen de nuevo los cobertizos que se cayeran, así los de Gomara o la Soledad.

Los datos sobre las plazas a las que nos referimos en este artículo están tomados de documentos conservados en los archivos, algunos publicados y otros no. Lo que pretendemos es ampliar lo ya dicho con algunos datos nuevos.

La plaza de la Oliva, de la que hemos tratado en trabajos anteriores, es todo un ejemplo de cómo los consistorios, con el deseo de dar un aire más abierto a las calles sinuosas, fueron comprando casas o parte de ellas para desahogar tanta construcción arracimada. Los otros ejemplos que exponemos son, en realidad, un exordio de las muchas reformas que se hicieron en Toledo para adecuarla a los nuevos tiempos, y se harán en el futuro por la misma razón, dado el incierto porvenir de estas urbes tan añosas.

Plaza del Ayuntamiento

La construcción de esta plaza es bien conocida gracias a los trabajos de numerosos historiadores, que también se ocuparon de su evolución y de cómo su estrechez inicial se corrigió con la eliminación de las casas que reducían el espacio. Pero como en todos los órdenes de la vida, este es un tema del que no está todo dicho.

Un plano de la plaza realizado el 22 de marzo de 1766 (un día antes de que estallase en Madrid el motín de Esquilache) permite realizar algunas apreciaciones. La traza llamó nuestra atención porque el autor era un personaje sobre el que llevábamos un tiempo investigando. En el diseño podía verse cómo en el centro de la plaza se había colocado una letra A para señalar un punto concreto. En la *Historia de las Calles* de Toledo, don Julio Porres refiere que cuando en los años 50 del siglo XX se realizaron obras en la plaza, se halló en el centro una piedra con una argolla, y aventuró que esa señal quizá indicase el emplazamiento en el que se ataron las maromas empleadas para subir a la torre de la Catedral la campana de San Eugenio. Pero no era así, ese punto lo que señalaba era el sitio donde se ataban los toros enmaromados que se corrían en la plaza, para disgusto del clero catedralicio. Este malestar fue en aumento y acabó entablándose un pleito entre las dos instituciones (Cabildo y Ayuntamiento) para determinar dónde habían de celebrarse las fiestas de toros. Tenemos noticia de que en, en cierta ocasión, uno de los animales que debía correrse en Zocodover se desvió hacia la plaza del Ayuntamiento, donde tuvo lugar un festejo improvisado, en tanto que en el interior del templo se celebraba la misa, lo que causó un alboroto notable.

Plaza del Ayuntamiento a finales del siglo XIX. (Foto: Casiano Alguacil)

Según se desprende de una declaración judicial realizada por el autor del plano, el punto señalado con una A fue dibujado días antes de este suceso para que allí se sujetaran los toros que se corriesen en la plaza, algo que el Rey había prohibido muchos años antes de que se produjesen los acontecimientos

En esta plaza también existieron unas cuantas casas con lonja que pertenecían parte a los escribanos y parte al granero de la Catedral. Ambos cedieron sus posesiones con ciertas condiciones, de modo que quedó el lugar despejado y amplio, y se convirtió en una plaza, que era lo que el consistorio deseaba. Aún se conservan algunos restos pertenecientes a esa lonja de las casas de los escribanos en algunos tramos de la balaustrada de las actuales casas consistoriales.

Plaza de Zocodover. Soportales

Al igual que los azulejos que pueden verse en diferentes lugares de la ciudad con el texto *Esta calle es de Toledo*, a lo largo del tiempo se fueron situando otros a título informativo. El Ayuntamiento, conocedor de las necesidades de los vecinos, daba a conocer con ellos las posibilidades de aprovechar diferentes es-

Lápida que estuvo colocada en Zocodover. (Foto: Antonio López Ballesteros)

pacios públicos, que por ignorancia o mala fe se usaban de manera indebida. En el caso que mostramos, la inscripción señala de una forma clara cómo Toledo podía disfrutar de lo que se especificaba en ella, que los soportales de Zocodover eran espacios públicos. Pequeños detalles como el de esta lápida pueden conducirnos a conocer algunas cuestiones muy interesantes. La documentación existente acerca de la elaboración del letrero sugiere que fue realizado con ocasión de un fuego que afectó a la plaza y a algunas disposiciones legales mandadas desde Madrid.

Resulta curioso que, pese a que Zocodover es la principal y más emblemática plaza de la ciudad, sin embargo, esta lápida no haya recibido la atención de los investigadores. Parece que se instaló en circunstancias parecidas a las

de las placas que rezan «*Esta calle es de Toledo*». El protocolo notarial del escribano Rodrigo de Hoz correspondiente a 1647 contiene un documento en el que se indica que «*... en los portales de dichas casas cuando se hubieran de fabricar, se ha de poner a costa de Toledo, en parte conveniente de ellos, un rótulo que diga son para el mercado y usos públicos, de que se ha de usar en todo tiempo perpetuamente, y así lo permiten y consienten...*». Algunos documentos posteriores (de 1652, 1654, 1655 y 1656) confirman que la lápida fue labrada por el cantero Juan Ramos y que el Ayuntamiento acordó su instalación pública. Posteriormente, en fechas que desconocemos, se debió de quitar de forma clandestina, ya que en el libro de Actas Municipales correspondiente a 1654 consigna en la sesión del 16 de septiembre que «con efecto la pusieron los caballeros comisarios, y sin haberse podido averiguar quién cometió el delito de quitarla hagan labrar la dicha piedra y se vuelva a poner...».

En las actas del Ayuntamiento de 1652 se lee cómo el consistorio hizo una petición para copiar la escritura inserta en el protocolo de Rodrigo de Hoz de 1647, y con ello asegurarse de la colocación de la lápida en el lugar acordado, tal y como se había determinado el 11 de octubre de aquél año. Sin embargo, el asunto terminó en un conflicto con el Cabildo de la Catedral, que no estaba de acuerdo con que se asentase el letrero. Se acordó poner el rotulo, pero el Cabildo rechazó la pretensión del Ayuntamiento y ordenó «que se ponga demanda de jactancia ante el señor vicario a la ciudad sobre la tarjeta que quiere poner». Por la piedra, la inscripción y la colocación se pagaron noventa y seis reales, «que ha tenido de costa el hacer la piedra y letras y poner el rótulo que ha hecho poner en las casas que ha fabricado el Cabildo de la Santa Iglesia en la plaza de Çocodover».

En la reunión del 3 de septiembre de 1654, el Cabildo mostró su sorpresa todavía por el deseo de que el Ayuntamiento quisiese poner la inscripción, y se entró en «conversaciones» (pleito), que terminó en la chancillería de Valladolid, porque aquél entendía que éste no tenía derecho a ponerla.

Hoy día, la lápida descansa finalmente, bien custodiada, en los bajos del Archivo Municipal, ya que se trata de una pieza de interés histórico más que legal.

La usurpación de esos espacios en la ciudad ha sido constante a lo largo de los siglos y hasta la actualidad. Algunos vecinos ocupan las calles por su propia cuenta y riesgo sin que al Ayuntamiento, a diferencia de lo que ocurría antes, parezca importarle lo más mínimo. El último ha tenido lugar al final del callejón del Abogado, vedado ya a los toledanos.

Amador de los Ríos o de los Postes

Tres motivos son los que me han animado a incluir esta plaza en el artículo: la proximidad a la plaza de Juan de Mariana, su relación con los jesuitas y el hecho de que, al surgir tras la desaparición de un edificio, constituye un ejemplo de eliminación de espacio cerrado que privaba de «aireación» (como se dice en algún documento), al hospital del

Nuncio. Al tratar de esta plaza en su *Historia de las Calles* de Toledo, Porres dejó apuntadas algunas noticias que no desarrolló. Así, incluyó someramente una curiosa noticia a partir de la reproducción del plano de la iglesia que existió aquí y fue derribada (llamada de San Juan de la Leche). En la parte inferior derecha del dibujo aparece la firma del autor, Joseph Díaz, alarife que dirigió la demolición, y que fue también autor del plano de la plaza del Ayuntamiento citado antes, un personaje interesantísimo que llevamos estudiando durante años y sobre el que elaboramos un libro.

De la iglesia sabemos que ya en 1622 estaba en mal estado, tal y como reconocieron algunos técnicos que la visitaron por orden del Ayuntamiento, (Jusepe Galdós, mayordomo de la Iglesia; los alarifes Miguel de Salazar y Lázaro Fernández, y Jorge Manuel Theotocopoulos, maestro mayor de la Catedral), y en presencia del cura párroco don Juan Carrero.

Comprobaron el peligro de ruina que amenazaba el edificio, sobre todo la torre, ya entonces muy debilitada. Ciento cuarenta años después el deterioro había avanzado y el templo se cerró y derribó, dejando su solar para el

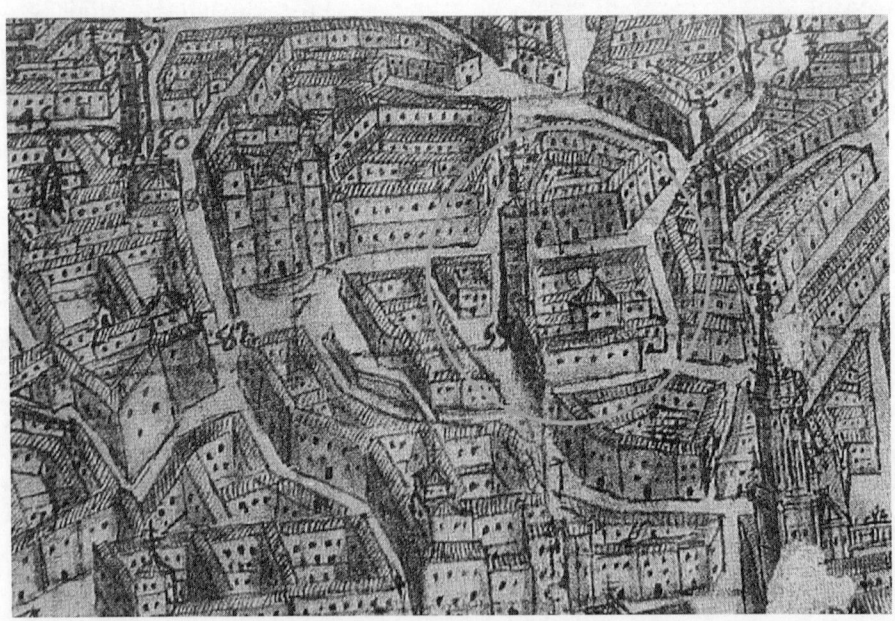

Fragmento del plano de Joseph de Arroyo Palomeque

disfrute de los toledanos, ya que se cedió el terreno con la condición de que nunca podría ser edificado ni profanado con usos paganos.

La parroquia está bien documentada por Rafael Ramírez de Arellano en su obra *Las parroquias de Toledo*, de 1921. La iglesia puede verse también en el plano atribuido a Joseph de Arroyo Palomeque, apreciándose la posición de su torre y puerta principal.

Existen otros documentos que tratan el modo en el que se desarrolló la transición de ese espacio de parroquia a plaza pública para disfrute de los toledanos y visitantes. En ellos se hace referencia a algunos personajes que vivieron entonces y hoy están en el recuerdo, como el mercader toledano Sancho Sánchez, cuya sepultura estaba en la iglesia. Sus casas pasaron a formar parte de lo que hoy son las casas consistoriales, y su losa sepulcral se exhibe actualmente en el patio principal del museo de santa Cruz.

A la izquierda del altar mayor descansaban los restos de don Juan de Aguilera, mientras que a la derecha estaba enterrado el jurado del Ayuntamiento Juan Fernández de Madrid. Había una capilla tapada con un palio que pertenecía a don Fernando de la Rúa, vecino de Talavera. Según indican algunos documentos, las tres capillas mortuorias estaban arruinadas y caídas en parte.

Condes de Orgaz o San Antón

Esta plaza, situada frente a la iglesia de San Ildefonso, se formó tras la desaparición de la ermita de San Antón, existente en ella antes de que el conde de Orgaz vendiese sus casas a la Compañía de Jesús en 1569.

Cuando se derribó la ermita y se creó la plaza, los vecinos de las casas colindantes vieron la posibilidad de abrir ventanas a ella y se generaron pleitos. Así, en 1570 algunos de esos vecinos fueron denunciados por los jesuitas. Estos alegaron que el caso era cosa juzgada y por tanto no discutible, es decir, que no se podían abrir las ventanas.

Entre 1602 y 1765 tuvo lugar un larguísimo proceso judicial en el que había de aclararse si esa plaza era de uso público o privado. En dos protocolos notariales, de 1696 y 1736, se dice que la plaza es del colegio de la Compañía de Jesús. En 1801, las actividades realizadas en ese espacio estaban sometidas a permisos del Ayuntamiento, por lo que cabe pensar que para entonces se había convertido en una calle

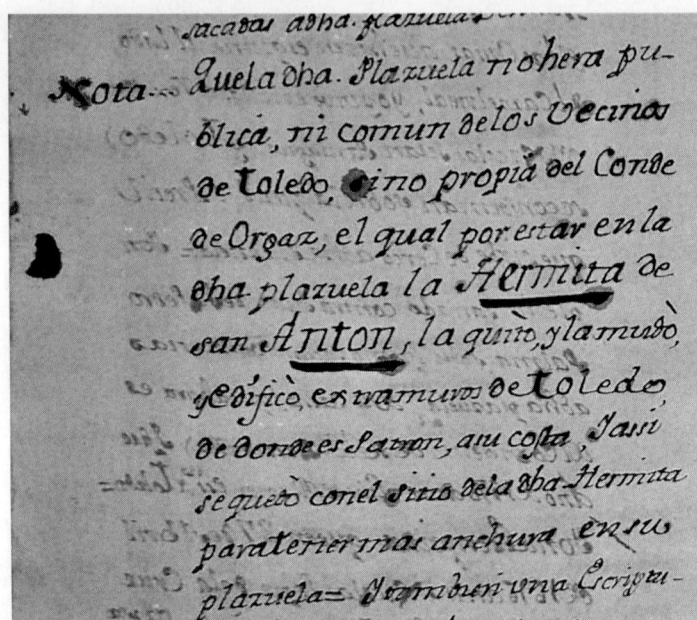

Fragmento del documento conservado en A.N.M.

más. No es fácil saber el modo en el que la plaza se convirtió en parte del callejero urbano, pero puede aventurarse que tras la expulsión de los jesuitas en 1767, posiblemente quedó, sin más, en posesión del municipio.

Por las relaciones de Sebastián de Horozco sabemos que el martes 13 de febrero de 1560, la plaza formó parte del itinerario que recorrió la reina doña Isabel de Valois «*hasta la plaçuela del Conde de Orgaz, donde estaba hecho y plantado un gracioso bosque de muchos árboles que en el invierno conservan su hoja, como son olivas y encinas y madroños y laureles, todos plantados en el suelo, que parecía ha-* ber allí nacido, y en medio del bosque estaba una como ermita con ciertas gradas».* Las construcciones eran arquitecturas efímeras que se habían levantado para agradar el paseo de la soberana, aunque no deja de ser curioso que precisamente se hubiese hecho una ermita (¿quizá para recordar la que existió allí en tiempos anteriores?).

Como ya se ha señalado, la plaza se creó, según su dueño, para ensanche y mejor ventilación de las casas que el conde de Orgaz tenía en ese lugar. Por los documentos conservados se sabe que Juan Hurtado de Mendoza y Guzmán era dueño de ese espacio, y que él fue quien vendió a los jesuitas la casa principal de su mayorazgo con la plaza incluida, según su propia declaración en las escrituras de venta: «*Y con la plazuela de las dichas mis casas que está delante de la puerta principal de ellas*». La fachada principal de la iglesia quedaría de la misma manera que la de las casas, según dice el tratado de la fundación de los Manrique.

Sobre la ermita se puede decir de manera un tanto incierta que se instaló en un lugar situado frente a la de San Eugenio, anterior al actual. El historiador Pedro de Alcocer ya la sitúa extramuros de Toledo en 1554.

Por último, queremos incluir un breve apunte sobre Zocodover, plaza que también se ensanchó para lograr en ella un espacio más abierto y desahogado, habida cuenta de la necesidad que había de ellos en Toledo. A finales de octubre de 1616 tuvo lugar una procesión solemne por la ciudad con ocasión de la inauguración de la capilla de la Virgen del Sagrario, con asistencia de la familia real. Tal y como cuenta el racionero Juan de Chaves Arcayos, el lunes 12 de septiembre «*derribaron toda la delantera de las casas de Çocodober de los Cabestreros, desde el Boticario hasta la Sillería, y dexaron esta haçera haçer a ygual con la ha-*

çera de los Albarderos [...] para el dicho efecto de la dicha proçesión y para adorno de la plaça, y costó lo uno y lo otro muchos reales». Las casas pertenecían a Diego Lucio, a los regidores Gaspar Dávila y Diego de Mesa, al capiscol, al doctor Tello Maldonado y a la capilla de San Pedro. El 31 de agosto 1617, la capilla de San Pedro determinó que el Ayuntamiento pagase el valor de sus casas derruidas en Zocodover «*con lo que ha quedado de las casas derruidas de Çocodover [...] menos lo que ha quedado de ellas y la fábrica que en ellas ha hecho la ciudad, en la embocadura de la calle de la sillería, cierto corte de casas para el ensanche de la plaza*». Los libros de actas del Ayuntamiento así lo confirman, como lo recogió también en su investigación el citado Julio Porres.

La documentación conservada permitiría escribir un artículo más extenso de lo que se apunta aquí, pero lo que se trata sobre estas plazas es más que suficiente para que no sea demasiado largo. Ya en el futuro lo completarán los degustadores del tema.

(Mi agradecimiento a los archiveros Isidoro Castañeda Tordera y Alfredo Rodríguez González por la ayuda prestada).

El desparpajo del campanero de la catedral

En un «memorial de agravios» que el cabildo de la catedral envió al cardenal Silíceo el 28 de noviembre de 1556, se indica que el campanero no se ocupaba de su oficio y tenía otra persona puesta por él para haccerle el trabajo, al que pagaba una cantidad quedándose él con la mayor parte del sueldo que tenía asignado. Pero lo peor era que dicho operario no atendía bien sus funciones y así, señala el memorial: *«Jamás tañe cuando ni por la orden que se ha de tañer en perjuicio de la costumbre y constituciones de esta santa iglesia».* Además tenía como ayudante a un ciego *«que ha quebrado las más principales campanas de la torre, que costarán a la obra muchos dineros*

tornarlas a hacer». No paraba esto aquí, pues en la torre había alojados *«hombres malhechores, huidos de la justicia»,* los cuales, llegada la noche y cerrada la iglesia, *«bajan a ella; allí juegan y cenan y, a veces, tienen mujeres suyas y ajenas y hacen otros grandes excesos en deservicio de nuestro señor».*

Dando pruebas de gran desparpajo, el campanero se justificó en otro escrito alegando que aquellos malhechores estaban allí porque se habían acogido a la iglesia para evitar ser ahorcados, *«pues esto permite y mandan los sagrados cánones»,* añadiendo que había dado cuenta de ello varias veces al vicario, pues no podían permanecer más de nueve días, sin que se hubiera hecho nada por evitarlo. *«Y si las campanas se quiebran, costumbre es en todas las iglesias porque no son de material celestial que hayan de durar para siempre».*

Almazao

PACO MAESO

Traspasar la humilde morada de los Masao era siempre era un privilegio. Te recibían con una sonrisa limpia y sincera, y al despedirse regalaban abrazos de cariño que te hacían sentirte especial. Puro alimento para el alma hambrienta en el peregrinar de la vida.

Harumi, fiel compañera del artista Almazao (Masaíto para los allegados), te agasajaba con su particular ritual del té o un botellín muy frío de cerveza, depende del momento. No puedo olvidar su voz calmada, su exquisita educación y su innata elegancia, que contrastaba con la forma de relacionarse de Masao, estridente pero rebosante de humanidad y bondad.

Sabías al poco de conocerlos que eras afortunado de compartir sus anécdotas y vivencias. Todo quedaba en ti impregnado de su humildad y su sabiduría. Cómo olvidar el fin de año que pasamos juntos en Huete, cuan

do la familia Uribe nos ofreció una visita a su bodega.

Masao Shimono nació en Kyoto en 1940 y se formó en el Colegio Superior de Bellas Artes Hiyoshigaoka de la misma ciudad. Trabajó en distintas disciplinas artísticas, aunque se afanó en desarrollar el arte conceptual.

En Japón expuso en la Galería Shibuya de Tokyo (1962), en Kyoto en 1970 (*Tears/Lágrimas*), 1971 (*A spoon drinking off the waters/Una cuchara tragándose la mar*), 1973 (*The Black Incuvators/Incubadoras Negras*) y 1973 (*The Skies/Los Cielos*).

De ahí dio el salto a Europa (1982, galería Metz & Compagnie de Amsterdam y 1983, galería Dalichov de Lüdenscheid), en particular a España (1980, sala de exposiciones del Ayuntamiento de Ronda), y más particularmente a Toledo: (1975, palacio de Benacazón; 1989 Exposición Antológica, Posada de la Hermandad; 1998 Sala de exposiciones del Colegio Oficial de Arquitec-

tos; 2001 y 2004, palacio de Benacazón).

Resumir la obra de Almazao en un artículo me resulta misión imposible, de manera que me auxiliaré con las palabras que le dedicó Fernando Ledesma en el prólogo al catálogo de la Exposición Homenaje *Desde Kioto hasta Toledo. Pinturas (1974-2004)*, organizada en el museo de Victorio Macho por la Real Fundación de Toledo, y que parecen muy acertadas:

«Perseguía la realidad y se distanciaba de ella. Fue hiperrealista, abstracto y surrealista. Huellas de Sánchez Cotán, Zurbarán, Goya y Dalí son perceptibles en su obra. Pintó delicadas libélulas y mariposas, pero también rinocerontes que él veía correr sin descanso y pequeñas tortugas que siempre llegan tenaces, pacientes y tercas a su destino».

Si acaso, completaría esta síntesis apuntando que se deleitaba pintando uvas, cientos de uvas, cada una de ellas pintadas como si fueran únicas; y manzanas, flores, peces, picos de pájaros, insectos, cigarras, caballitos de mar, hojas volanderas de periódicos abandonados y arrugados por el viento sin destino previsible. De la tierra: arenales, pedregales, terrones (¿avi-

so del catastrófico destino a que nos puede conducir la irracional explotación del planeta?). También bodegones: cestas, sillas, mesillas, cuerdas (siempre sin nudos). Minotauros, figuras humanas a punto de emitir un grito desgarrador, la honda queja de quien no se siente satisfecho consigo mismo y espera un mundo mejor y más justo.

En mi opinión, el inimitable Almazao resulta especialmente atractivo para los toledanos porque fusionó la antigua ciudad im-

perial de Kyoto con la nuestra, como queda patente en sus Toledos, donde los tejados se orientalizan con pagodas que se amontonan en torno a la torre de la Catedral, a la que él consideraba, según me confesó, el centro de su universo imaginario, coronada a veces con un simbólico sol naciente.

Imagen de Toledo

Me interesa también la singular relación de toda su obra con Salvador Dalí. Esta influencia, más que la de ningún otro pintor, es fundamental para entenderla. El paralelismo, por ejemplo, con *La cesta del pan* (Dalí, 1926), es evidente, donde se aprecia también la influencia de Zurbarán, al emanar la luz ante un fondo negro. Sorprende cómo

Almazao utiliza estos mismos fondos tenebristas en algunos bodegones, en los que un plato con un huevo frito, un cuchillo o un saco de harina desprenden una luz casi mágica.

Vida y muerte

Más revelador e interesante me resulta un grabado en la que representa el rinoceronte indio de Alberto Durero. En la parte superior escribió Toledo, así como fijando la ciudad como la capital del Arte. Más abajo, las fechas de nacimiento de Durero, de Dalí y la suya propia. El rinoceronte consagró la fama universal de Durero, aunque lo dibujó basándose exclusivamente en descripciones de terceros. Realizó miles de xilografías, y una de ellas estuvo colgada, varios siglos después, en las paredes de la casa de Dalí.

Este animal le obsesionó de tal manera que lo consideraba como el único que transporta una suma de conocimientos cósmicos, y que su cuerno traza una espiral logarítmica perfecta. A Dalí también, que escribió: «*Los mismos cuernos se encuentran en mi cuadro de los relojes blandos (...) son cuernos blandos que marcan la hora exacta (...) cuernos de rinocerontes que se separan y aluden a la desnaturalización constante de este elemento netamente místico*» (*Diario de un genio*, 1963). Y, por supuesto, a Almazao, que en su particular grabado homenajea a Dalí y nos da la clave de la mística de alguna de sus obras.

Pero Almazao era más que un gran pintor, escribió con gran fruición. Transcribo algunos:

Vino volando
un saltamontes sin una pata
y se ha posado en mi hombro.

Una mariposa amarilla
está revoloteando,
vibrando.

Pasa un pájaro negro
con una enredadera
seca en su pico.

Queridos Harumi y Masaíto, he subido a un rinoceronte que corre y corre hacia vuestro encuentro.

El tute de Benavente en Aldea en Cabo

El prolífico dramaturgo Jacinto Benavente, premio Nobel de Literatura en 1922, compró, en 1906, una finca en el municipio toledano de Aldea en Cabo, que por entonces hacía honor a su primer nombre, dadas sus reducidas dimensiones, y allí se hizo construir una casa con jardín a la que llamó Villa Rosario. En ella escribió, al menos, dos de sus más conocidas obras: *La malquerida* y *Señora ama*.

Cuentan que el insigne escritor apenas salía de casa durante las largas temporadas que pasaba en la finca, ocupando la mayor parte de su tiempo en escribir, pero cuando ponía fin a la tarea, a últimas horas de la tarde o primeras de la noche, recibía la visita puntual del carretero Antonio Cudero y del tío Segundón, dos vecinos del pueblo, con los que jugaba partidas de tute y escuchaba sus relatos sobre cuanto sucedía en la aldea. Esto le pro-porcionaba valiosas fuentes de inspiración, que anotaba en cuartillas, y que luego tuvieron reflejo en sus dramas rurales y especialmente en *La Malquerida*, una de sus obras cumbre, con geniales pinceladas costumbristas en las que se alude a Toledo, su mazapán y sus monjas.

Pero lo más curioso de aquellas partidas de tute es que don Jacinto casi nunca ganaba, o más bien hacía por no ganar, con el fin de que sus invitados se llevaran en el bolsillo las monedas que ponían en juego, y cuando alguna vez era inevitable cantar las cuarenta, renunciaba voluntariamente a recoger la ganancia que, de este modo, quedaba para sus rivales, que así se aseguraban cada noche una pequeña renta que no vendría mal a sus maltrechas economías.

Toponimia monumental: la Torre de Antequera y la Puerta de Almofala

FRANCISCO J. GARCÍA GAMERO

Cuando a un monumento desaparecido se le pierde la pista con el paso de los siglos, es posible que sea incorrectamente identificado y que, cuando se logre hacerlo correctamente, por desidia o desconocimiento siga identificándosele incorrectamente. Esto es lo que pasó en Toledo con la Puerta de Alfonso VI, que fue incorrectamente identificada con las puertas medievales de Bisagra y de la Granja, sin ser ninguna de ellas, pese a lo cual sigue siendo denominada con demasiada frecuencia como Puerta Vieja (o antigua) de Bisagra, pese a haber pasado un siglo desde que se demostró que no lo era.

Lo mismo sucede con la Puerta de Almofala, que estuvo siglos desaparecida, y fue confundida con la vecina Torre de Antequera, que hoy día sigue apareciendo en mapas, callejeros y documentación oficial bajo el nombre erróneo de Almofala, pese a que la verdadera Puerta de Almofala fue identificada arqueológicamente allá por el año 2001, en lo que hasta entonces se tenía como por un simple torreón lateral a la Puerta Nueva.

Empecemos por el principio. Lo que la documentación medieval llama Puerta de Almofala es una de las puertas desaparecidas que se abrían en las cercanías del puente de Alcántara, en estos arrabales. Otra próxima, cuya ubicación no ha podido localizarse aún, era la de Atefalín (Bab el-Tefalín, o Puerta de los Grederos, es decir, los mercaderes de greda, un tipo de arcilla muy valorada), puerta que a veces se ha sugerido que era la que después se llamó Puerta de Perpiñán, cuyos restos quedaron bajo el Miradero.

En realidad, el nombre en castellano romanceado de Puerta de Almofala (en alguna ocasión ha aparecido como de Almohada) deriva del árabe Bab al-Mojahda, que significa Puerta del Vado, ya que era el camino más directo para salir de la ciudad para cruzar el Tajo por una zona poco profunda en la que podía ser vadeado sin muchos problemas —el llamado «Río Llano», a la altura de la desaparecida Isla de Antolínez—, sin necesidad de utilizar el puente de Alcántara, que se alza aguas abajo a medio kilómetro. La Puerta de Almofala, o del Vado, debió de construirse en el siglo XI, si es que no es anterior, y se estuvo utilizando al menos hasta el XV.

La continua acumulación de sedimentos procedentes de las crecidas del río, unidos a las basuras que se echaban por encima de la muralla, causaron un reiterado crecimiento del nivel de la calle en varios metros, lo que causó que la muralla perdiese la mitad de su altura original y que la puerta quedase tapada. En algún momento, las autoridades municipales decidieron no molestarse en continuar despejándola y bajar el nivel, dado que iba a volver a recrecer en la siguiente crecida del Tajo, así que, finalmente, la Puerta de Almofala, o del Vado, fue definitivamente cerrada, y quedó olvidada bajo toneladas de tierra, quedando a la vista su parte superior, que pasó a pa-

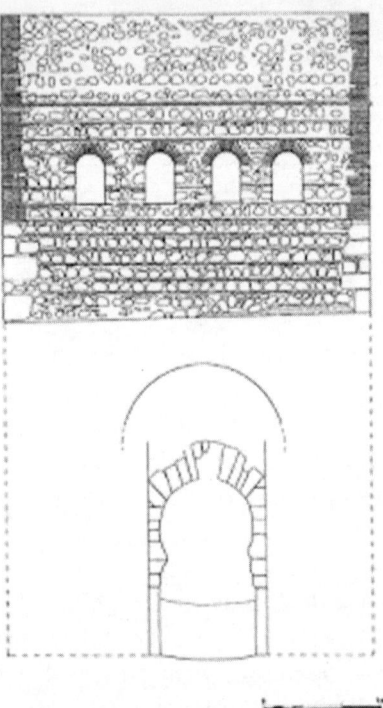

La Puerta de Almofala o del Vado. Apréciese la parte superior (sobre el nivel actual de la calle) y la parte soterrada. (Ruiz, A. y J. Fernández, 2009)

recer un torreón más de los que hay en esa parte de la muralla.

Pero seguía siendo necesario que en la muralla existiese una puerta para dar salida al vado desde la plaza de San Isidoro, en el arrabal de la Antequeruela. Por ello se abrió un hueco en la muralla, al lado izquierdo de donde estaba la puerta de Almofala, pero varios metros más arriba, ya a la altura del nuevo nivel de la

PUERTA DEL
VADO

Reconstrucción de la Puerta de Almofala o del Vado (por David Utrilla). A la izquierda, la Puerta Nueva, abierta en el siglo XVI sobre el actual nivel de la calle.

calle. Dicha apertura pasó a denominarse, por motivos obvios, Puerta Nueva, denominación que aparece en documentos del siglo XVI en adelante, lo que nos ayuda a datar el momento en que se debió abrir la misma para sustituir a la de Almofala o del Vado: entre 1442 (la última vez que se documenta el uso del término Puerta de Almofala) y 1576 (la primera vez que se documenta el término Puerta Nueva).

En la misma calle que rodea la muralla de la Antequeruela, poco más de cien metros a la derecha de la Puerta Nueva, se encuentra una gran torre albarrana mudéjar. En arquitectura militar, una torre albarrana (del árabe al-barrana, «la de fuera») es aquella que se construye no en la misma muralla, sino adosada perpendicularmente a la misma, o bien unida por un arco, pasarela o puente, para usarse como defensa o como atalaya. La torre albarrana a que se alude parece que fue construida en el siglo XIII. Su nombre es Torre de Antequera, aunque a veces aparece como de la Antequeruela, el nombre del barrio. Un arrabal modesto, como lo eran todos, en donde vivían mayoritariamente los moriscos, y que se dedicaban a actividades como la alfarería y otras pequeñas industrias.

Antequeruela es, evidentemente, un diminutivo que significa «pequeña Antequera». Pero ¿qué relación tienen con esta localidad malagueña —situada a casi 400 km de Toledo— esta torre y el barrio en la cual se ubica? Al parecer, no existe ninguna relación directa. En los años 70 del siglo XX, el académico don Julio Porres escribió que el nombre del barrio y de la torre debían proceder de que la muralla fue reconstruida o restaurada en tiempos de la regencia de don Fer-

Torre albarrana de Antequera (Fuente: Wikimedia) y Torre albarrana de Antequera (Fuente: castillos.net)

nando de Antequera «el Honesto», o bien por corrupción del término *anticus*, por ser de los arrabales toledanos el más antiguo, aunque esta segunda explicación no parece muy probable.

Don Fernando fue un infante de Castilla, de la dinastía de los Trastámara, hijo del rey Juan I de Castilla y de la princesa Leonor de Aragón, que fue regente de la corona castellana entre 1406 y 1416, durante la minoría de edad de su sobrino Juan II, y que en 1412 sería elegido rey de Aragón, para suceder a su tío materno Martín I el Humano, fallecido sin descendencia un par de años antes. La torre albarrana que restauró don Fernando de Antequera acabó siendo llamada Torre de Antequera, que exten-

dería su nombre también al barrio, que por entonces se conocía como arrabal de San Isidoro, por la parroquia que existía junto a la Puerta Nueva, por el lado interior de la muralla, en la plaza de San Isidoro o de la Puerta Nueva.

Es más creíble pensar que la torre albarrana ya estaba en pie y el infante don Fernando de Antequera la restauró, dado que parece haber consenso sobre su construcción en el siglo XIII. Hay un documento que la menciona como «Torre Nueva» en 1256. No debe confundirse con la Puerta Nueva, que entonces no existía, ya que se abrió junto a la del Vado siglos después, a finales del XV o comienzos del XVI.

¿En qué momento se confundió la desaparecida Puerta de Almofala con la vecina Torre de Antequera? Parece que el error data de comienzos del siglo XVII, cuando el reputado historiador Francisco de Pisa trató de identificar la desaparecida Puerta de Almofala (o del Vado), de los documentos antiguos, y la relacionó con la torre albarrana de Antequera, que se encontraba a pocos metros y que, además, tenía un par de arcos (entonces cegados) en su estructura, pero que en realidad sólo eran un paso bajo la torre (el paso habitual en todas las torres albarranas), pero que no comunicaban con el interior de la ciudad ni atravesaban la muralla, como ya publicó don Pedro Román ¡en 1942!: «*Cuando tuve ocasión de penetrar en la habitación construida en la parte baja de aquella torre, resultó que no existía tal puerta; es, sencillamente, una torre albarrana, idéntica a la del castillo de San Servando, aunque con paso junto al muro*». Dichos arcos cegados fueron reabiertos en la última restauración, recuperándose el paso original bajo la torre albarrana.

El error de don Francisco de Pisa fue dado por bueno por otros autores, que lo fueron reiterando, como el vizconde de Palazuelos o don Sixto Ramón Parro. Ya en el siglo XX quedó claro que la torre de Antequera no era la puerta de Almofala, como primero afirmó don Pedro Román, que lo publicó en los años cuarenta del pasado siglo, y después don Julio Porres en los setenta.

Y, en efecto, a comienzos del siglo XXI la arqueología vino a darles la razón. Habiéndose emprendido tareas de restauración en el torreón adyacente a la Puerta Nueva, por la Escuela Taller Municipal y bajo la dirección arqueológica de don Arturo Ruiz Taboada, en el interior de dicho torreón apareció, allá por 2002, una escalerilla oculta por los siglos que hizo pensar que la construcción continuaba varios metros por debajo del nivel actual de la calle. Desescombrado y consolidado lo que al principio se creyó un mero sótano, resultó ser en realidad la parte interior de una puerta medieval, que aún estaba allí, incluyendo los restos de su portón de madera y su cerrojo. Se había localizado la desaparecida Puerta de Almofala, o del Vado. Aunque en su momento se propuso desenterrarla, al estar muchos metros por debajo del nivel de la calle sería necesaria una difícil y muy costosa intervención, que implicaría además expropiaciones y demoliciones de algunas viviendas, el rebaje de la calle de la Carrera, al exterior de la muralla, y de la plaza de la Puerta Nueva, al interior de la misma, y la consolidación de la muralla. Por todo ello nunca se planteó en serio su ejecución, aunque la puerta puede visitarse desde dentro, accediendo al torreón y luego bajando por la escalerilla de comunicación.

Vista interior de la Puerta de Almofala o del Vado (Fot. de David Utrilla)

Así pues, en 2002 quedaba confirmado arqueológicamente lo que ya había adelantado cuatro decenios atrás don Julio Porres: que la Torre de Antequera no era la Puerta de Almofala. *«Siempre creímos inaceptable la explicación tan repetida (...). Si el torreón de que tratamos fuera la puerta que citan los* Anales, *mucho antes que éste se inundaría la Puerta Nueva, casi cinco metros más baja de cota. Cuando entra agua por la ventana de* *un piso principal, nadie decide cerrarla y abrir en su lugar la del sótano».* Y agregaba: *«El fallecido don Pedro Román fue el primero en descubrir que la supuesta Puerta de Almofala no era más que una torre albarrana».*

Pese a ello, cuando en 2007 la torre albarrana de Antequera fue declarada BIC por la Consejería de Cultura de Castilla-La Mancha, fue inexplicablemente registrada como «de Almofala», sin querer saber que la verdadera de Almofala (es decir, del Vado, que es lo que Almofala significa) está en la misma calle, a tan sólo 120 m, habiendo sido identificada arqueológicamente sin duda alguna cinco años antes. Y bajo ese nombre erróneo de Almofala se la sigue conociendo mayoritariamente, y sin que las autoridades competentes en Cultura y Turismo se hayan molestado en subsanar el error.

Para saber más:

PORRES MARTÍN-CLETO, Julio; «Ha nacido una puerta», en *Toletum*, nº 47, 2002, pp. 181-196.

RUIZ TABOADA, Arturo; «Aproximación al estudio del recinto amurallado de Toledo: El descubrimiento de la Puerta del Vado», en *Tulaytula: Rev. de la Asociación de Amigos del Toledo Islámico*, nº 9, 2002, pp. 55-82.

Un toledano en el Desastre de Annual: El capitán Escribano

JUAN JOSÉ FERNÁNDEZ DELGADO

En esta ocasión hablo del militar don José Escribano Aguado, nacido en Toledo el 5 de marzo de 1883, en la plaza de Santa Clara, núm. 29, cuya memoria llegó a la barriada de Santa Bárbara en 1924, pues una de sus calles pregonó su nombre hasta 1995. Desde entonces, su presencia se ha borrado de los rótulos callejeros que exhibían su nombre y a todos recordaban su gesta fraguada en el Desastre de Annual (julio, 1921). Dos actuales rótulos del barrio —calle Escribano y travesía del Escribano— mantienen vivo, sin embargo, un ligero rescoldo de la realidad histórica, aunque para nada aludan al verdadero titular de la calle ni a su gesta heroica. Deberían referirse, en realidad, a este bizarro militar toledano, pues desde el 16 de noviembre de 1924, día en que en esos lares se presentaron las fuerzas vivas de la ciu-

dad, familiares del pundonoroso militar y el pueblo llano, expectante y curioso, «y dieron el nombre del Capitán Escribano a la parte de la calle comprendida desde la Fuente de Cabrahigos hasta donde terminan las edificaciones». Y esto fue posible gracias a la moción presentada por el concejal Manuel Castaños, y a su tesón, pues hubo de superar numerosos obstáculos.

En aquella ocasión, el padre del capitán —también militar— tomó la palabra y, emocionado y agradecido, dijo: «*En mi nombre, en el de mi hija política doña Loreto Igarza, viuda de Escribano, y en el de mis tres nietos: José, Loreto y Ricardo Escribano Igarza, doy las más expresivas gracias a la Comisión Permanente de la digna Presidencia de V.E., por el acuerdo que tomó en sesión de 15 de Septiembre último, a propuesta del Concejal don Manuel Castaños, de dar el* nombre del Capitán Escribano, mi muy querido hijo, a la parte del Paseo de la Rosa determinada en su respetable oficio que me dirige con esta fecha. El pueblo de Toledo, representado por su digno Ayuntamiento, añade un nuevo letrero de grandeza a los muchos que ostenta en su preclara historia, al honrar la memoria del héroe toledano que con su muerte gloriosa dio un alto ejemplo de abnegación a las generaciones futuras». Firmada el 17 de noviembre de 1924.

El señor Castaños ya *había publicado un artículo en El Castellano* (1 de abril de 1924), en el que reclamaba memoria para este militar toledano, pues lo titulaba «Un héroe olvidado, y que la ciudad de Toledo y la Academia Militar le honren, como han hecho con otros muchos». Insiste en otro artículo en el mismo periódico tres días después con idéntico título, y solicita que el Ayuntamiento apoye la solicitud de la Laureada, que ya estaba presentada, para nuestro egregio paisano. Propone también «*la erección de un artístico monumento A LOS HÉROES TOLEDANOS, coronado por la estatua del toledano rey San Fernando, patrón de los héroes españoles, en cuyos mármoles estuvieran*

los nombres de todos los que fueron nacidos en este solar bendito, desde Padilla hasta Escribano, con letras de oro, dejando huecos extensos para seguir esculpiendo los futuros que surgieran en los campos de honor».

Dos años antes, varios periódicos se habían hecho eco de la gesta de nuestro capitán, entre ellos *El Telegrama del Rif*, que recogía el asombro causado entre las kabilas rifeñas la hazaña del capitán Escribano; también Santiago Camarasa en la *Revista Toledo*, núm. 185, julio, 1922, le dedica un artículo entrañable en el que propone repartir por todas las escuelas un «*pequeño librito donde se relate su hazaña, para el que ofrecemos desinteresadamente nuestro fotograbado, nuestra composición y nuestra labor*». Y el propio Congreso de los Diputados, en su sesión del 21 de noviembre de 1922, aludiendo a la hazaña de nuestro heroico capitán, afirmaba que «*si tal hubiese sido el cumplimiento del deber de todos los españoles, no hubiese tenido que sufrir la patria la amargura de tan sangriento desastre*».

Su gesta heroica ocurrió el 28 de julio de 1921 en la Intermedia A, destacamento militar que se había montado a primeros de

El capitán José Escribano Aguado

junio de ese año para apoyar el tránsito de nuestras tropas por la garganta del Izzumar, entre el campamento-base de Annual y los acuartelamientos de la retaguardia. El día 4 la ocupa nuestro héroe, auxiliado con una escuálida guarnición; y desde allí hubo de ver la espantosa retirada del ejército español de todas las posiciones de Annual al grito de «sálvese quien pueda».

En este desordenada huida se cometieron verdaderas atrocidades. Muchos hacían señales a los defensores de la Intermedia A para que se incorporaran al repliegue, pero el capitán Escribano comprendió que del sacrificio de sus vidas dependía la salvación de muchos españoles. Además, la última orden recibida el día 19 era la de resistir a toda costa y hasta nueva orden.

¿Qué había ocurrido para que quedaran en aquella inmensa soledad los defensores de la Intermedia A? ¡Un inexplicable descuido!, pues tanto en Annual como en Dar Dríus se olvidaron de cursar la orden de abandonar el fortín. Y este hecho permitió la salvación de muchos soldados, una vez que la actuación del reducto atraía hacia sí la atención de los rifeños.

Con su guarnición resiste los días 22 y 23 de julio, hasta que a punto de agotar las municiones y los víveres, el 24 por la noche decide preparar la evacuación, pero son descubiertos y han de regresar a la posición la mayoría, excepto algunos soldados que logran escapar. Resisten, y la bandera sigue hondeando los días 25 y 26. En este intervalo muere el teniente Medina. En los dos días siguientes, casi agotadas las municiones y los víveres, decide parlamentar, pero no acepta las condiciones que trataban de imponer los rifeños.

El día 28, sin otra solución posible, reúne a los escuálidos soldados y les hace ver que han de morir matando.

—Saldré a parlamentar con los jefes, y cuando esté rodeado por cuantos más rifeños mejor, pediré que hagáis fuego —les dice a los soldados, que escuchan atónitos.

—¡Mi capitán, que le mataremos a usted!

—Exacto. Pero no lo lamentéis porque después os matarán a vosotros.

Y así fue, pues el cuerpo del valeroso capitán fue encontrado entre los de más de ochenta kabileños muertos también en aquella ocasión, de lo que dieron cuenta varios testigos y proclamaron las hojas de *El Telegrama del Rif* para asombro de todos.

Anoto a continuación unas notas biográficas de nuestro capitán.

Sus padres proceden de La Roda que y por destino del padre vienen a Toledo, en donde nace nuestro capitán. Ingresa en la Academia de Infantería el 30 de agosto de 1899, asciende a Segundo Teniente y es destinado al batallón de Cazadores de Madrid, núm. 2. De aquí pasa a Santa Cruz de Tenerife, donde permanece hasta febrero de 1909, fecha en que es destinado al Regimiento de Wad-Ras de Madrid. Con esta unidad acudió por primera vez al norte de África a mediados de julio de 1909, cuando se inicia la primera de las tres Campañas de la guerra en el Protectorado africano. En tierras rifeñas continuó hasta el 8 de junio de 1910, fecha en que regresa a su destino madrileño.

Ahí permanece hasta finales de 1911, pues el día 2 de enero del año siguiente embarca en Málaga en el Vapor Sister, y ese mismo día arriba en el puerto de Melilla; pero el día 7 de febrero regresa otra vez a la Península al ascender a capitán.

Aquí tiene diversos destinos y, por R.O. de 2 de marzo de 1912,

se le concede licencia para casarse con doña Loreto Igarza Jurade, con la que contrae matrimonio en agosto de 1912.

Dos años después permuta con el capitán Ángel Fernández de Córdoba para regresar a Tetuán, adonde llega el 30 de septiembre para hacerse cargo de su compañía. Es su tercer viaje al Protectorado, y allí permaneció desempeñando diversos servicios hasta el día 9 de enero de 1916, cuando se incorpora a su destino en Madrid. Unos días antes, por Oficio del 31 de diciembre y por R.O. del 28 de abril anterior *«es declarado apto para el ascenso a Comandante cuando por antigüedad le corresponda»*. La muerte le sorprenderá antes de verse con la estrella de ocho puntas.

Ahora se abre otro periodo de calma y familia que se prolonga hasta primeros de diciembre de 1920, pues el día 3 de ese mes se incorpora a su nuevo destino, el Regimiento de Infantería de San Fernando, núm. 11, de Melilla. Durante este periodo, se le concede (9 de enero, 1916) el dictado de Caballero de la Orden de Santa Ana de Rusia y el Uso de Pasador «Tetuán» sobre la medalla del Rif (1918). En enero de 1919 es nombrado Gentilhombre de entrada de S.M., y en marzo es felicitado por el Excmo. Sr. Capitán General de la Región de Madrid por su comportamiento los días 1, 2 y 3 de ese mes y sus servicios en dicha plaza, que había sido declarada en estado de guerra.

En diciembre de 1920 se incorpora a su destino en Melilla, con base en Dar Dríus, donde prestó servicios hasta el 4 de junio de 1921, en que es enviado con una pequeña guarnición a ocupar la Intermedia A.

Así pues, como la ofensiva organizada por el general Fernández Silvestre para someter a los rebeldes kabileños y llegar desde el interior a Alhucemas se inicia en mayo de 1920, el capitán Escribano va a participar desde los mismos inicios en la misma en aquellos agrestes paisajes, y de la manera que ya es relatada encontró la muerte.

Al morir contaba con dos Cruces al M.M. con distintivos Rojos, conseguidas por su comportamiento en las actuaciones del Zoco-el-Jemís y por la ocupación de Seb-enlat-Haud y Atlatem, en septiembre y noviembre de 1909, respectivamente; y una Cruz de Plata al M.M. con distintivo blanco. Todos estos méritos fueron logrados con valor supremo y probada gallardía, exponiendo su vida en defensa de la patria... Hoy sólo son recordados en legajos y papeles amarillentos de archivos y bibliotecas, y un único recuerdo vivo perdura: el conferido a este militar toledano en La Roda, en acuerdo del Pleno municipal del 9 de diciembre de 1922, mediante el cual se da el nombre de este bizarro militar a la plaza del Ayuntamiento. La placa se descubrió el 20 de mayo de 1924 con motivo de la Fiesta de la Bandera, y de ello dio cuenta *El agricultor manchego*, subrayando que al acto asistió «*el padre del homenajeado [...] cuya entereza sobrecogió a los presentes que le escuchaban en medio de un impresionante silencio*».

El verraco de La Puebla de Montalbán

ALEJANDRO VEGA

Según cuenta Jesús Álvarez-Sanchís (Universidad Complutense) en unos artículos de la revista *Crónicas* (núm. 20-24-25-26-27) de la Asociación Cultural Las Cumbres de Montalbán, este verraco apareció en 2006 mientras se cavaban unas zanjas para el riego de una labranza en la Vega de los Caballeros, muy cerca de donde se halló el toro del que hablamos en el número anterior de esta revista, hoy en el Museo de Santa Cruz.

La Puebla de Montalbán dista de Toledo 34 km y está situada en el antiguo territorio carpeta-

no. Por allí transcurría una senda natural que siglos más tarde se convertiría en la Cañada Real Segoviana, en la cuenca derecha del río Tajo.

El verraco tiene unas unas dimensiones de 85 cm de largo por y 58 de altura, y está tallado en un solo bloque de granito con peana. Los autores que lo han descrito dicen corresponderse con un gran jabalí por su tamaño y órganos sexuales, y se le atribuye una datación de entre los siglos II-I a.C.

Por el movimiento que simulan sus patas delanteras, algo avanzadas, como una de las traseras, parece adoptar una postura de ataque. Por lo demás, le falta parte del morro y tiene cuatro arañazos desde el cuello a los hombros, sobre todo hacia la izquierda, quizás producidas por la maquinaria en su excavación.

Pero lo más significativo son las oquedades talladas en esta misma parte. Como hipótesis, proponemos que podrían referirse al dibujo de una constelación astronómica, posiblemente la Osa Menor o al Carro Mayor, denominadas así por Tolomeo.

El hecho de haberse hallado este gran jabalí y el toro en una ubicación próxima explica la importancia geoestratégica de este territorio, y quizás nos permitiría concluir que no sólo protegían corrales o fortines aquí, sino que más bien señalarían el paso de una antigua senda animal y descansadero, por su abundante agua y buenos pastos.

La localización de estos suidos en las tierras toledanas contri-

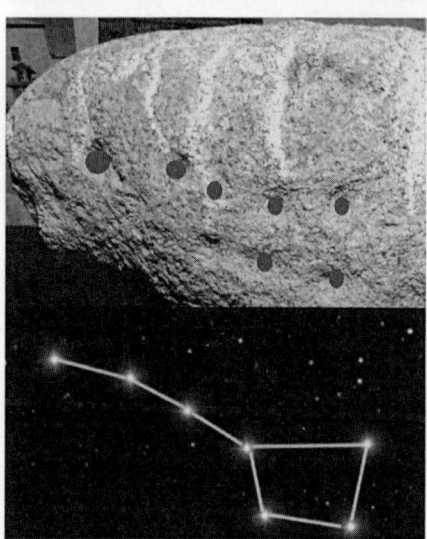

buyen a explicar las vivencias de aquellos antiguos cazadores y pastores iberos. Creemos firmemente que para ellos estas tallas tenían una profunda función apotropaica.

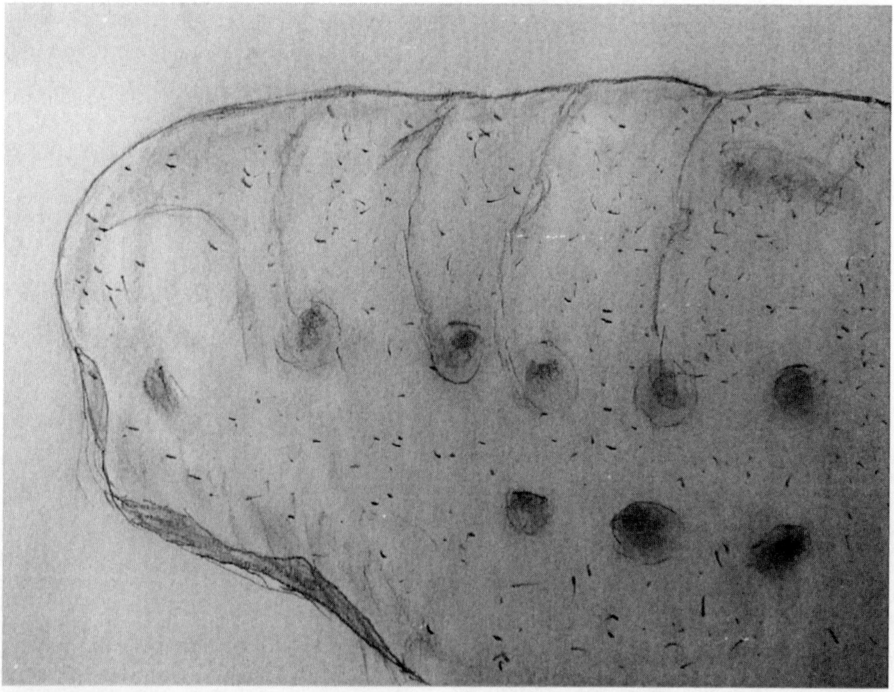

Esta escultura zoomorfa es un depósito del Museo de Santa Cruz de Toledo y está expuesta en la sala de historia del Museo La Celestina en La Puebla de Montalbán.

Cuatro calles

Pedro de Alcocer
RELACIÓN DE LAS COMUNIDADES DE CASTILLA
(edición de Antonio Martín-Gamero)

Estudio introductorio de
Ramón Sánchez González

B.A.T.
Biblioteca de Autores Toledanos

Obra ganadora del II Certamen de Investigación
María Pacheco sobre el patrimonio literario
de la ciudad de Toledo

Ficha técnica:
Título: Relación de las Comunidades de Castilla
Autor: Pedro de Alcocer y Antonio Martín Gamero
Estudio: Ramón Sánchez
P.V.P.: 18 euros

Obra ganadora del Segundo certamen de investigación María Pacheco sobre el patrimonio literario de la ciudad de Toledo.

Entre los cronistas de siglo XVI al servicio del emperador Carlos V y las diversas Relaciones compuestas sobre las Comunidades de Castilla (1520-1522), la de Alcocer ocupa un lugar preferente entre las fuentes consultadas por los investigadores interesados en desentrañar este periodo de la historia.

El autor, también célebre por su *Historia o descripción de la imperial ciudad de Toledo*, ofrece una serie de informaciones muy ilustrativas de los acontecimientos ocurridos durante ese levantamiento que puso en jaque al joven Carlos.

Otro toledano ilustre, también autor de una Historia de la ciudad de Toledo, Antonio Martín-Gamero, se encargó de la edición del manuscrito en 1872, brindando al público en general la posibilidad de tener conocimiento de las alteraciones producidas en Castilla y en la Ciudad del Tajo.

Ficha técnica:
Título: La abadía profanada
Autora: Montserrat Rico
P.V.P.: 18 euros

En pleno delirio mesiánico del Tercer Reich, el historiador Walter Ebert es reclamado por el Reichsführer Heimrich Himmler para encontrar los vestigios del Santo Grial y pruebas con que acreditar la supuesta identidad aria de Jesucristo. Es así como

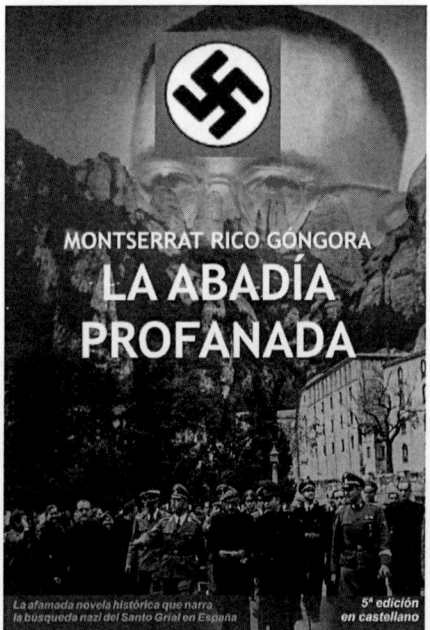

MONTSERRAT RICO GÓNGORA
LA ABADÍA PROFANADA

La afamada novela histórica que narra la búsqueda nazi del Santo Grial en España

5ª edición en castellano

ciones de los gerifaltes nazis que sembraron el terror en una época que cambió el mundo.

DESDE EL CORAZÓN DE LA SELVA
(POEMARIO Y OTROS TEXTOS)

PACO MAESO

se convierte en cómplice involuntario de una venganza de inspiración bíblica mediante la cual seis millones de judíos fueron exterminados. En su peripecia humana, Ebert se tropezará también con Oriol Turmeda y Marina Barahona que viven un amor clandestino en las trastiendas de la Segunda Guerra Mundial, y cuya amistad dulcificará su propia e íntima tragedia.

Basada en el hecho verídico de la búsqueda del Grial en Barcelona por los nazis, el mismo día en que Hitler se entrevistaba con Franco en Hendaya, Montserrat Rico Góngora escribe una historia conmovedora y arroja luz a las secretas y pervertidas inten-

Ficha técnica:
Título: Desde el corazón de la selva (poemario y otros textos)
Autor: Paco Maeso
P.V.P.: 10 euros

Este libro sólo pretende emocionar. Mezcla situaciones vividas por el autor con otras inventadas, y reivindica que, siempre, en cualquier caso, el AMOR es una victoria. El desengaño, con su dolor, también puede representar la coartada perfecta para abrir la ventana y dejar que pase un aire nuevo a nuestras vidas.

De fondo, los títulos de canciones de adolescencia y juventud del autor, a modo de acordes de un cancionero, a veces inspiradores, que revelan sin ambages que cualquier tiempo pasado no siempre fue mejor, sólo que lo verdaderamente importante es poder contarlo.

tiempo. Se nos escapa como el agua entre los dedos. No se detiene. Nos rinde inexorablemente. A veces un minuto es un infierno, a veces una hora es un oasis.

VERSOS
PARA SEGUIR CAMINANDO

José María González Cabezas

Ficha técnica:
Título: Versos para seguir caminando
Autor: J.M. González Cabezas
P.V.P.: 10 euros

La vida es un camino, a veces amable y dichoso, a veces arduo y pedregoso. Los autores barrocos se lamentan del paso del

Ficha técnica:
Título: Los fantasmas de Toledo.
Autora: VV.AA.
P.V.P.: 10 euros

Volumen número 1 de la colección RUTAS DE TOLEDO.
Prólogos de Javier Sierra y Eloy Moreno.
Intervienen Luis Rodríguez Bausá, Juan Luis Alonso, Amparo Bertol, José García Cano, Antonio Gudiel y David Utrilla.

NORMAS DE PUBLICACIÓN EN LA REVISTA

1.- «Cuatro Calles» está abierta a recibir textos para su publicación, sin otro compromiso que la entrega al autor de un ejemplar del número en el que aparezca su colaboración publicada.

2.- Los trabajos deberán versar sobre temas relacionados con la cultura en sus diversas manifestaciones, la historia o el patrimonio artístico y documental de la ciudad de Toledo, su provincia y ámbito de influencia histórico. Serán inéditos y estarán redactados en un lenguaje claro, que pueda ser entendido con facilidad por un público no necesariamente especializado.

3.- No se admitirán notas a pie de página. Podrá incorporarse una breve bibliografía al final del trabajo.

4.- Junto al texto se aportarán, en archivos aparte, fotografías, dibujos y cuantos elementos gráficos se estimen necesarios, así como los correspondientes pies de cada uno, nombres de sus autores o procedencias. El autor del trabajo se hace responsable de que dichas imágenes no estén sujetas a derechos de autor.

5.- Los textos, con título y firma del autor, tendrán una extensión máxima de diez folios. Estarán escritos en formato Word, fuente Times New Roman, tamaño 12 puntos, interlineado sencillo. Las citas textuales irán en cursiva y entrecomilladas. Los títulos de obras que se citen, así como las palabras o frases que expresen términos desusados, en otro idioma, que impliquen un doble sentido o por cualquier otro motivo que se considere necesario, irán en cursiva. No se utilizarán negritas, ni subrayados.

6.- La Dirección de la revista decidirá la conveniencia o no de la publicación del trabajo y se compromete a borrar todos los archivos de los originales no aceptados para su publicación. La Redacción se reserva la posibilidad de hacer correcciones de tipo gramatical o sobre el uso de términos en mayúscula que no sean adecuados según las normas de estilo.

7.- Las colaboraciones se enviarán por correo electrónico a info@editorialledoria.com.

BOLETÍN DE SUSCRIPCIÓN

Si está interesado en suscribirse a la revista **Cuatro calles**, por favor, rellene este formulario y háganoslo llegar por correo electrónico a *info@editorial-ledoria.com* o por correo postal a *Editorial Ledoria, calle Fuente del Moro, 6, 45006, Toledo*

Nombre y apellidos / Entidad _____

Dirección _____

Código Postal _____

Localidad _____

Provincia _____

Correo electrónico _____

Teléfono _____

Deseo suscribirme a la revista **Cuatro calles** por un período de (marque con una **X** la opción elegida):

Suscripción 4 números por un total de 22 euros ☐

Números atrasados, 5 euros (indique cuáles) ☐ ☐ ☐

* Los gastos de envío están incluidos

El pago se realizará mediante ingreso o transferencia a la cuenta que le transmitiremos al recibir su solicitud o por Bizum.

En ningún caso se destinarán estos datos a otros fines que no sean los de recibir las publicaciones reseñadas, ni se entregarán a terceros, de acuerdo con los principios de protección de datos de la Ley Orgánica 15/1999 de 13 diciembre, de regulación del tratamiento automatizado de los datos de carácter personal.

Publicación del próximo número: A partir del 1 de marzo de 2024